Alex Lépic

Lacroix und der Bäcker von Saint-Germain

Sein zweiter Fall

Roman

DROEMER

Besuchen Sie uns im Internet:
www.droemer.de

Aus Verantwortung für die Umwelt hat sich die Verlagsgruppe Droemer Knaur zu einer nachhaltigen Buchproduktion verpflichtet. Der bewusste Umgang mit unseren Ressourcen, der Schutz unseres Klimas und der Natur gehören zu unseren obersten Unternehmenszielen. Gemeinsam mit unseren Partnern und Lieferanten setzen wir uns für eine klimaneutrale Buchproduktion ein, die den Erwerb von Klimazertifikaten zur Kompensation des CO_2-Ausstoßes einschließt. Weitere Informationen finden Sie unter: www.klimaneutralerverlag.de

MIX
Papier aus verantwortungsvollen Quellen
FSC® C014496

Fremdlizenz Juni 2021
Droemer Taschenbuch
Ein Imprint der Verlagsgruppe
Droemer Knaur GmbH & Co. KG, München

Covergestaltung: Sabine Kwauka
Coverabbildung: lookphotos / Johaentges, Karl
shutterstock / djgis
Satz: Tristan Walkhoefer, Leipzig
Druck und Bindung: GGP Media GmbH, Pößneck
ISBN 978-3-426-30790-8

2 4 5 3 1

DROEMER

Von Alex Lépic ist bereits folgender Titel erschienen:
Lacroix und die Toten vom Pont Neuf: Sein erster Fall

Über den Autor:
Alex Lépic, geboren 1980 in Paris, ist in Deutschland aufgewachsen, setzt sich aber so oft wie nur möglich in den Zug, um in sein heiß geliebtes Paris zurückzukehren, wo er ein kleines Mansardenzimmer im feinen siebten Arrondissement bewohnt. Nach »Lacroix und die Toten vom Pont Neuf« ist auch »Lacroix und der Bäcker von Saint-Germain« vor allem auf den Terrassen der Pariser Bistros entstanden, wo Alex Lépic zurzeit, je nach Wetter und Außentemperatur, an Commissaire Lacroix' viertem Fall arbeitet.

Pour Notre-Dame,
la cathédrale éternelle

Die perfekte Kruste

1

Lacroix stapfte wütend durch den Nieselregen, der auf die wenigen Passanten fiel, die durch die schmale Rue de Seine eilten. Herrgott, was für ein Wetter! Wäre er doch nur gleich vor dem Kommissariat in den Bus gestiegen. Den Mantelkragen hatte er hochgeschlagen, doch weder die weiche Baumwolle noch der große Hut konnten ihn vor den Tropfen schützen, die inzwischen beinahe waagerecht durch die Häuserschlucht peitschten. Das Pflaster des schmalen Gehsteigs glänzte nass, Lacroix setzte seine Schritte sehr vorsichtig, die Sohlen seiner Übergangsschuhe rutschten auf den nassen Steinen.

Nur noch schnell in der Boulangerie vorbei. Auf den Spaziergang nach Hause würde er verzichten und stattdessen den 63er-Bus nehmen, der ihn trockenen Fußes in die Rue Cler bringt. Er hatte Dominique versprochen, auf dem Weg vom Kommissariat noch kurz hier vorbeizugehen. Sie luden nur selten Gäste zum *dîner* ein. Normalerweise gingen sie mit Bekannten auswärts essen, doch heute Abend waren alte Freunde aus Giverny in der Stadt, die sie ewig nicht gesehen hatten. Dominique hatte sich einen Abend in intimer Atmosphäre gewünscht und die Ballandrauds zu ihnen nach Hause eingeladen. Auch kulinarisch sollte es etwas ganz Besonderes sein.

In der Rue de Seine reihte sich eine Galerie neben die nächste, Lacroix' Blick blieb an den regennassen Schaufenstern hängen: Es gab alte Bilder mit Engeln und Heiligen und moderne mit wilden Punkten und Strichen, die er nicht verstand. Das hier war die bedeutendste Kunstmeile von Paris – sein Ziel aber war ein anderes.

Er sah den kleinen Laden schon von Weitem: die blau lackierte Holzfassade, den goldenen Schriftzug in alten Lettern – *Boulangerie Lefèvre* – und die lange Schlange vor der Tür, trotz des scheußlichen Wetters. Der Commissaire schnaubte.

Er stellte sich an, hinter eine beleibte kleine Frau mit vollen Einkaufstüten. Die Kunden standen dicht an dicht und drängten sich gegen das Schaufenster, versuchten vergebens, sich gegen den Regen zu schützen. Wie die Pinguine, dachte Lacroix.

Langsam rückte er auf, die Auslage geriet in sein Blickfeld, Tropfen rannen an der beschlagenen Scheibe herab. Dahinter konnte er die kleinen runden Quiches mit Lauch und Zwiebeln erahnen, eine Etage höher die *millefeuilles* und die glänzenden *éclairs,* und im Kühlschrank standen mehrere große *tartes au citron* und *tartes au chocolat.*

Die Damen hinter dem Tresen arbeiteten schnell, dennoch dauerte es sicher weitere fünf Minuten, bis Lacroix an der Eingangstür angelangt war. Hier klebte in einem goldenen Lorbeerkranz der Grund für den Andrang, der seit einem Jahr in der kleinen Boulangerie herrschte:

Grand prix de la baguette de tradition française de la ville de Paris stand da – das beste Baguette der ganzen Stadt.

Dieses und kein anderes Backwerk wollte Dominique ihren Gästen zum Dessert reichen, zusammen mit dem besten Käse aus der *fromagerie* Capitaine in ihrer Straße.

»*Bonjour*«, murmelte Lacroix, als er eintrat, nachdem er die rauchende Pfeife draußen an der Hauswand ausgeklopft hatte. Er nahm den Hut vom Kopf und schüttelte die Tropfen ab. Drei Kunden waren noch vor ihm.

Eine der Damen hinter dem Tresen, eine junge Blonde, betrachtete ihn einen Moment zu lange, sagte aber nichts. Vielleicht kannte sie sein Gesicht aus der Zeitung. Ihm passierte es immer wieder, dass die Menschen ihn erkannten, wenn sie auch nicht immer einordnen konnten, woher. Lacroix war freundlich zu allen, ob er sie kannte oder nicht, auch wenn er am liebsten völlig unbehelligt durch seine Stadt streifen würde.

»Monsieur, was kann ich für Sie tun?«

»Ich hätte gern zwei *tradi,* Madame, *s'il vous plaît.*«

Sie drehte sich um und packte zwei der wenigen übrig gebliebenen Baguettes aus einem Korb auf dem Boden in eine große Tüte.

»Haben Sie sonst noch einen Wunsch, Monsieur le Commissaire?«

Lacroix schluckte, fasste sich aber gleich wieder.

»Bitte packen Sie mir noch vier *Paris-Brest* ein. Das wäre dann alles.«

Die Verkäuferin öffnete eine Pappschachtel, auch darauf prangte das Logo der Boulangerie in goldenen Lettern. Vorsichtig nahm sie das fragile Gebäck und legte es in den Karton. Dominique hatte Lacroix die Entscheidung überlassen, welches Dessert auf den Käse folgen sollte, und er hatte sich für die Törtchen entschieden, die er so liebte: den knusprigen Teig, die nussige Buttercreme, den sattweißen Puderzucker. Genau das Richtige nach dem leichten Hauptgang, den seine Frau gerade zauberte. Es sollte Fisch und Risotto geben. Sicher würde sie die Schachtel öffnen und eine Augenbraue hochziehen, wie sie es gern tat – als Hinweis auf seine zunehmende Körperfülle. Aber es war ein liebevolles Necken.

Die Verkäuferin reichte ihm alles über die Theke.

»Dann sind es heute 16 Euro, Monsieur.«

»Vielen Dank, Madame. Und Ihnen gleich einen schönen Feierabend. Heute war ja sicher mal wieder ein anstrengender Tag.«

»Die Pariser lieben nun mal unsere Baguettes«, sagte sie lachend. »Aber mal sehen, wie es morgen aussieht …«

Lacroix stutzte und sah sie fragend an.

»Heute ist doch die Wahl des besten Baguettes der Stadt! Ein Jahr ist es schon her … In einer Stunde steht das Ergebnis fest – und dann zieht die Karawane weiter, zu einem anderen Bäcker.«

Lacroix lächelte sanft. Er kannte diesen Wettbewerb natürlich – wie jeder, der schon lange in Paris lebte. Der Commissaire wusste, dass die Franzosen Auszeichnungen dieser Art liebten, vor allem, wenn sie sich um Speisen drehten, das französische Kulturgut schlechthin. Das beste Baguette, der beste Schinken, die beste Auster, das beste Steak.

»Zumindest die Kunden aus dem Quartier werden Ihnen treu bleiben, und das ist ja das Wichtigste. Und wir auch!« Dominique und er waren hier schon Kunden gewesen, bevor Lefèvres Baguette zum besten der Stadt gekürt wurde. Nach dem Sieg hatte Lacroix nicht selten in der Schlange vor dem Laden warten müssen und sich geärgert, auch wenn er dem Bäcker den Erfolg natürlich gönnte. *»Bonne soirée«*, rief er der Verkäuferin zu.

»Ihnen auch, Commissaire.«

Mit seiner Tüte verließ Lacroix den Laden, die Abendsonne lugte jetzt sanft hinter den dicken Wolken hervor. Weiter hinten über dem Institut Catholique deutete sich ein Regenbogen an.

»Verflixter April«, Lacroix schüttelte den Kopf und beeilte sich, nach Hause zu kommen.

2

Es roch nach Hefe und Mehl in dem großen Raum. Die Fenster waren geschlossen, und es war ein wenig stickig. Dennoch hörte er den Verkehr vom Voie Georges Pompidou am anderen Ufer, und sogar die Wellen, die von den Ausflugsbooten an den Quai d'Anjou gespült wurden. Abgesehen davon war es totenstill. Man könnte sprichwörtlich eine Stecknadel fallen hören, so konzentriert waren sie alle bei der Sache, so leise begutachteten sie die Ausstellungsstücke, die von einer Banderole mit einer Nummer umschlossen waren und nebeneinander auf langen Tischen lagen.

Der Tag hatte früh begonnen. 247 Baguettes waren angeliefert worden, von Boulangerien aus allen zwanzig Arrondissements. Bis zum Mittag waren sie vermessen und gewogen worden: Die Baguettes mussten zwischen 55 und 70 cm lang und zwischen 250 und 300 g schwer sein, so sahen es die Teilnahmebedingungen vor. Nur 173 hatten es in die zweite Runde geschafft. Er hatte seine Baguettes genormt, sie lagen genau in der Mitte: 62 cm lang, 275 g schwer. Er wollte nichts dem Zufall überlassen.

Seit fünfeinhalb Stunden waren sie nun in dem großen Saal der Bäckerinnung. Er wunderte sich immer wieder, wie groß die Räumlichkeiten waren, in denen die Syndikalisten logierten, am hinteren – und teuren – Ende der Île Saint-Louis, finanziert von seinen Mitgliedsbeiträgen.

Nach der ersten Verkostung waren fünfzig Baguettes weitergekommen, nun waren es nur noch zwanzig.

Er betrachtete die Gesichter um ihn herum. Die anderen Mitglieder des Komitees brachen Stücke aus den Baguettes und rochen daran, steckten sie sich in den Mund, taten wie die Connaisseurs von Welt. Allen war klar, dass er es am besten wusste, aber sie konnten es nicht zugeben. Schließlich waren sie Gourmet-Journalisten und Bäckerei-Lobbyisten, auch die bräsige Handelssekretärin, im Rathaus zuständig für Lebensmittel, saß in der Jury. Daneben die sechs Pariserinnen und Pariser, die bei der Verlosung gewonnen hatten. Fast 2000 Bürgerinnen und Bürger hatten sich um einen Juryplatz beworben. Sie waren von den Hauptberuflichen sofort zu unterscheiden, weil sie sich zurechtgemacht hatten, Anzug und Krawatte, schwarze Kleider. Dieser Preis war einer der renommiertesten der Stadt! Wer ihn bekam, durfte ganz oben mitspielen. Er musste lächeln.

Eben probierten sie die letzten Exemplare. Er hatte seinen Bewertungsbogen schon ausgefüllt: 19-mal null Punkte und einmal vier Punkte für die Nummer 13. Ausgerechnet. Er war nicht abergläubisch, aber das war schon ein dickes Ding.

Er betrachtete die Männer und Frauen, die völlig in ihre so wichtige Aufgabe vertieft waren. Inzwischen tranken alle viel zu viel Wasser, um den Geschmack des Brotes aufnehmen zu können, aber der Teig hatte ihre Bäuche aufquellen lassen, und sie konnten nicht mehr.

Nun legte auch Claudine, die Frau, die er einstmals viel näher gekannt hatte und die ihn jetzt mied wie der Teufel das Weihwasser, das letzte Baguette zurück. Ausgefranst, lieblos, ausgeweidet sahen die zwanzig Exemplare aus, nachdem sie durch so viele Hände gewandert waren.

Die letzten Jurymitglieder trugen ihre Bewertungen ein: null Punkte für mies, vier Punkte für Extraklasse. Sie waren mit einem Ernst bei der Sache, als handele es sich um eine Entscheidung über Leben und Tod. Maurice Lefèvre musste wieder lächeln.

Der Juryvorsitzende klingelte mit einem Glöckchen, dann schritt er staatstragend mit der Urne durch den Raum und sammelte die Bewertungsbögen ein. Endlich wurden die Flügeltüren geöffnet, und frische Luft strömte herein.

Maurice Lefèvre öffnete den obersten Knopf seiner Uniform und ging durch den Saal, ließ seinen Blick über die Jurymitglieder schweifen, dann trat er hinaus auf den Balkon. Unten floss der Fluss durch die Dämmerung, so friedlich, nur ein schwaches Rauschen drang herauf. Ein junges Pärchen ging Händchen haltend am Quai entlang. Es roch nach Frühling, bald würde der Flieder zu blühen beginnen. Maurice zündete sich eine Gitanes an. Eine alte Angewohnheit. Er hatte schon oft darüber nachgedacht, die Marke zu wechseln, aber er konnte einfach nicht.

»Und, hast du für dich selbst gestimmt, Maurice?« Die Stimme erkannte er sofort. Claudine Rabaly war ihm gefolgt und hatte sich direkt neben ihn gestellt. Er merkte, wie seine Hand zitterte.

Er sah sie an, sah die Falten auf ihrer Stirn, sah, wie das eigentlich elegant geschnittene Kostüm schlaff an ihrem mageren Körper hing. Innerlich jubilierte er.

»Der Beste wird gewinnen, meinst du nicht, Teuerste?«, sagte er mit leicht vibrierender Stimme. Es kostete ihn Mühe, seine Aufregung zu verbergen. Aber er durfte nichts verraten. Sie würde es früh genug erfahren.

»Muss hart sein, ein Jahr im Präsidentenpalast ein und aus zu gehen und nun zu wissen, dass es vorbei ist.«

»Bei deinen politischen Qualitäten, Claudine, wirst du doch sicherlich die nächsten fünf Jahre dort verbringen, nehme ich an?« Er hoffte, sie würde die Ironie verstehen. Seiner Meinung nach war sie eine Nullnummer, nicht nur als Politikerin.

»Ich freue mich jedenfalls auf den neuen Namen auf der Liste.«

Er schnippte die Zigarette vom Balkon, drehte sich um und ging hinein, ohne sie noch einmal anzusehen.

Maurice setzte sich auf seinen Platz, kam aber nicht zur Ruhe. Also stand er wieder auf, wanderte durch den Saal, bemühte sich, niemanden anzusehen. Er wollte nicht auffallen, mit niemandem reden – nicht jetzt.

Es war eine schier endlose Warterei, er schielte immer wieder auf die große Uhr über der Tür, aber der Zeiger bewegte sich einfach nicht. Er hatte keine Ahnung, warum die Kommission, die mit der Auswertung der Stimmzettel betraut worden war, so lange brauchte.

Erst kurz vor Sonnenuntergang, es war fast neunzehn Uhr, und das rote Licht fiel durch die hohen Fenster in den Saal, ging die Tür auf, und der Juryvorsitzende, der Vorsitzende der Bäckerinnung, trat auf die kleine Bühne. Der alte Mann mit Glatze und randloser Brille öffnete den versiegelten Umschlag, den die Zählkommission ihm überreicht hatte, und zog das Papier heraus.

Er betrachtete es und runzelte die Stirn.

Maurice spürte, wie er erstarrte, er ballte seine Fäuste in den Hosentaschen, spürte, dass es wahr war. Dass nun sein neues Leben beginnen würde.

Im Gesicht des alten Gewerkschafters breitete sich Skepsis aus.

Alle erhoben sich, als der sonst so souveräne Mann mit dünner Stimme zu reden begann:

»Der Gewinner des *Grand prix de la baguette de tradition française de la ville de Paris* …« Er räusperte sich. »Das hat es noch nie gegeben in der 26-jährigen Geschichte des Wettbewerbs … Der Gewinner des letzten Jahres konnte seinen Titel verteidigen und sich gegen 246 Baguettes durchsetzen. Im Namen der gesamten Jury gratuliere ich Maurice Lefèvre aus der Rue de Seine im sechsten Arrondissement.«

3

Das war wirklich ein rundum gelungener Abend, *ma chère*«, sagte Lacroix zu Dominique, als sie gemeinsam aus der Haustür traten.

Jeannine vom Obst- und Gemüsestand zog eben den Rollladen hinauf. Die bunten Früchte, die roten Tomaten, die dunkelgrünen Artischocken, die gelben Paprika leuchteten um die Wette.

»Es war schön, die Ballandrauds mal wieder zu sehen.«

Lacroix nickte und dachte an die Gespräche, den Weißwein, den Cognac als Digestif – es war wirklich ein schöner Abend gewesen. Mit dem Ehepaar Ballandraud war das eigentlich immer so, und deshalb bedauerte Lacroix es, dass sie sich so selten sahen. Giselle Ballandraud arbeitete als Ärztin an der Uniklinik in Rouen, während ihr Mann eine Apfelplantage besaß. Die Früchte wurden zu Calvados verarbeitet. So gab es stets gute Gespräche über medizinische Phänomene und herrliche Spirituosen. Der Commissaire hätte nicht sagen können, was er mehr schätzte, die Kombination aber war einfach perfekt. Und nun stand als Gastgeschenk auch noch eine alte Flasche in seiner Bar, und er freute sich schon jetzt auf den Abend.

»Hast du gleich Termine im Rathaus oder magst du

noch mit mir zum Chai laufen? Ich würde mich freuen, noch einen *café* mit dir zu trinken.«

Sie sah ihn bedauernd an. Das schätzte er so sehr an seiner Frau. Sie kostete jeden Moment mit ihm aus und war immer ehrlich traurig, wenn sich ihre Wege morgens trennten.

»Ich habe leider eine total langweilige Besprechung zu einem Neubau weiter unten an der École Militaire, bedaure.«

Dominique war die Bürgermeisterin des siebten Arrondissements. In diesem Bezirk *rive gauche,* mit seinen Museen, den alten Bürgerhäusern und Ministerien, einem der wohlhabendsten der Stadt, saß sie natürlich für die konservativen *Républicains* im Rathaus, das altehrwürdig in der Rue Saint-Dominique lag. Sie war beliebt bei ihren Wählern, weil sie in ihren bisher zwei Amtsperioden viel hatte erreichen können, und mochte ihre Arbeit sehr. Einzig die zahlreichen, nicht enden wollenden Sitzungen empfand sie mitunter als Qual.

»Dann sehen wir uns eben am Abend, *ma chère*.«

Sie gaben sich einen Abschiedskuss, dann wandte sie sich nach links in Richtung Rathaus und er nach rechts in Richtung Quais, um den Weg am Fluss entlang zu seinem Stammbistro einzuschlagen.

»Mon cher!« Der Ruf ließ ihn innehalten, er drehte sich um. Dominique hielt ihr Handy in der Hand. »Hier, für dich …«

Es konnte nur Rio sein. Niemand außer seiner Assistentin hatte die Nummer seiner Frau, und auch sie wählte sie nur im absoluten Notfall.

»Hier ist Rio, Commissaire, verzeihen Sie die frühe Störung. Sie waren nicht mehr zu Hause und noch nicht im Chai – und die Angelegenheit kann nicht warten: Es wurde eine Leiche gefunden. In der Rue de Seine.«

Lacroix stutzte.

»Können Sie gleich kommen?«, fragte Rio.

»Haben Sie die genaue Adresse?«

»Boulangerie Lefèvre, 42 Rue de Seine.«

»Herrgott … Ich bin unterwegs.«

Er gab seiner Frau das Telefon zurück, ohne aufzulegen. Er hätte zu lange gebraucht, die richtige Taste zu finden.

»Ach, mein Maigret«, sagte Dominique seufzend, »es wird wirklich Zeit, dass du dir ein Handy zulegst.«

»So können wir uns immerhin noch mal verabschieden.« Er küsste sie zärtlich.

»Etwas Schlimmes?«

Er nickte, in Gedanken schon ganz woanders. »Es ist … du glaubst es nicht. Ein Toter in der … Erst gestern war ich … Ich erzähle es dir heute Abend, nun muss ich los.«

Dominique fragte nicht nach, sah ihn nur erstaunt an. Sie lösten sich voneinander, und er wandte sich in Richtung Invalidendom, in der Hoffnung, dort den 63er-Bus zu bekommen.

In seinem Kopf kreisten die Gedanken, er versuchte sich zu erinnern. Ein paar Stunden war es erst her. Er rief sich die Bilder des Ladens vor Augen, die Auslage, die Gesichter der Verkäuferinnen. Er hatte einen

Blick in die Backstube werfen können, in der kurz vor Ladenschluss nicht mehr viel los gewesen war. Nur ein junger Mann mit weißer Schürze hatte dort aufgeräumt, erinnerte er sich.

Lacroix verließ die Rue de l'Université und trat auf den weitläufigen Platz, der zwischen dem alten Air-France-Gebäude und dem Invalidendom lag. Ein kalter Wind wehte, trieb die Passanten wie fliehende Rehe vor sich her.

Er wartete zwei Minuten völlig in Gedanken versunken, hörte dann das Klingeln, das den nahenden Bus ankündigte. Lacroix stieg ein, der Fahrer nickte ihm zu, er fuhr oft diese Linie. An der Station Seine-Buci stieg er aus, die Zufahrt zur Rue de Seine war schon abgesperrt, ein Verkehrspolizist hatte seinen Motorroller quer auf die Fahrbahn gestellt und war dabei, den Tatort zu sichern.

»*Bonjour*, Commissaire«, sagte er und hielt das rotweiße Band hoch, damit Lacroix darunter durchtreten konnte.

Der Commissaire ging die wenigen Schritte die kleine Straße hinab, wie er es gestern getan hatte. Heute war der Himmel zwar grau, aber es regnete nicht. Über ihm die drei- und vierstöckigen feinen Häuser mit ihren schmiedeeisernen Balkonen, wie Georges-Eugène Haussmann sie erdacht hatte. Die Galerien in den Erdgeschossen, dunkle Möbel und goldschimmernder Kitsch zu astronomischen Preisen.

Vor der Boulangerie stand nur ein Polizeiauto, zwei Beamtinnen warteten vor dem Laden und sahen grimmig die Straße entlang, als erwarteten sie, dass sich der Täter noch mal sehen lassen würde.

Sie traten zur Seite und ließen Lacroix vorbei. In der Boulangerie war es viel kälter als am Vortag. Lacroix war mittlerweile überzeugt, dass das Opfer einer der Bäckermeister sein musste – wer war sonst um diese Uhrzeit schon auf den Beinen.

Capitaine Rio hatte die Klingel über der Tür gehört und kam sofort aus der Backstube in den Verkaufsraum.

»Commissaire, guten Morgen, bitte, kommen Sie.«

Die Polizistin ging voran und wies auf den Fußboden. Statt der alten Holzdielen im Verkaufsraum waren hier blitzsaubere weiße Fließen. Vor dem großen metallenen Ofen blieb sie stehen.

Da lag er, nicht der junge Bäcker von gestern, sondern ein älterer Mann mit dichten grauen Haaren. Er lag auf dem Bauch, den Kopf zur Seite geneigt, Arme und Beine weit von sich gestreckt, als würde er friedlich schlafen. Nur die Wunde am Hinterkopf zeigte, dass dem nicht so war. Es war nur wenig Blut am Boden, genau wie an dem hölzernen Brotschieber, der neben dem Mann lag.

Eben betrat Paganelli den Raum.

»Guten Morgen, Rio, guten Morgen, Commissaire. Sorry, mein Roller ist nicht angesprungen. Was haben wir?«

»Maurice Lefèvre«, sagte Rio, die wohl als Erste von der Police nationale am Tatort gewesen war. »56 Jahre alt. Der Besitzer des Ladens, Bäckermeister in dritter Generation. Seine Jacke hing im Spind, als einzige, darin war sein Portemonnaie.«

»Wer hat ihn gefunden?«

»Ein Mann von Gaz de France, der sich für den Morgen zum Ablesen angekündigt hatte. Wir nehmen an, dass der Tote deshalb hier war. Mittwoch ist eigentlich Ruhetag. Der Gasmann hatte vom Hof aus durchs Fenster geguckt und ihn hier liegen sehen. Er hat uns sofort angerufen.«

Ruhetag, dachte Lacroix. Deshalb hatten sie den Toten so spät gefunden. »Wo ist der Mann?«

»Sitzt draußen im Hof und raucht. Madame Lefèvre ist auf dem Weg hierher. Ich habe sie vorhin angerufen. Sie weiß noch nicht Bescheid.« Rio sah Lacroix mit großen Augen an. Angehörigen die schreckliche Nachricht vom Tod eines geliebten Menschen zu überbringen, gehörte zu den Aufgaben, die wohl jeder Polizist am meisten fürchtete.

Lacroix ging durch die Backstube, betrachtete die Urkunden an der Wand und ein Foto der Belegschaft. Er erkannte die drei Verkäuferinnen von gestern, dahinter standen die Männer aus der Backstube, alle mit einem breiten Grinsen im Gesicht. Neben ihnen eine ältere Dame im Kostüm, sicher die Chefin, wiederum daneben Maurice Lefèvre. Sein Blick war freundlich und sanft, ein Handwerker, wie er im Buche steht: der Schnauzbart fein gestutzt, die Bäckeruniform strahlend weiß, nur das Mehl an den Ärmeln wies darauf hin, dass das Foto inmitten der alltäglichen Arbeit gemacht worden war.

»Rio, sagen Sie mir …«, begann Lacroix, wurde aber von einer wohlbekannten und ein wenig zu heiteren Stimme aus dem Verkaufsraum unterbrochen.

»*Bonjour*, *Messieurs-dames*, wo ist denn unser berühmter Commissaire?«

Wenige Sekunden später schlenderte Docteur Obert in die Backstube, in der rechten Hand eine Zeitung, in der linken die obligatorische Arzttasche, die er direkt neben dem Toten abstellte. Er wandte sich Lacroix zu und wedelte mit der Zeitung. Auf der Titelseite ein altes Foto des Mannes, der nun hier am Boden vor ihnen lag, und in großen Lettern die Schlagzeile: »Sensationelle Wiederwahl«. Dem Bäcker aus der Rue de Seine sei mit dem zweiten Sieg in Folge das Unmögliche gelungen.

Der Wettbewerb um das beste Baguette der Stadt fiel Lacroix erst in dieser Sekunde wieder ein. Doch als er den Toten da liegen sah, dachte Lacroix einmal mehr, dass nichts so alt war wie die Zeitung vom Vortag.

»Ich darf nichts mehr über bekannte Persönlichkeiten unserer Stadt lesen. Fünf Minuten später ruft immer ihr an, weil die Person abscheulich um die Ecke gebracht wurde. Ich hoffe, *Le Parisien* schreibt nie über mich.« Obert lachte laut auf.

»Ein schneller Blick«, bemerkte Lacroix trocken.

»Ich bitte Sie, Commissaire, wir sind doch keine Anfänger, wir beiden. Den besten Bäcker der Stadt erkenne ich natürlich sofort, und auch von hinten. Und um zu rekonstruieren, was passiert ist, braucht es in diesem Fall auch nicht viel. Aber wo ich schon mal hier bin, schaue ich ihn mir natürlich an.«

Der Gerichtsmediziner holte Plastikhandschuhe aus seiner Manteltasche, zog sie an und bückte sich über die Leiche.

»Ei, ei, ei, ein ziemlich heftiger Schlag war das. Und ja: einer. Nicht zwei oder drei. Würde ich jetzt zumindest sagen.«

Er griff nach dem Holzschieber, mit dem die Brote aus dem Ofen geholt wurden, die hellen *pain de mie* oder die dunklen krossen Landbrote.

»Sieht ganz danach aus, als hätten wir hier auch gleich die Tatwaffe, aber ich muss mir das natürlich im Institut alles noch mal genauer anschauen.«

»Können Sie mir sagen, wie lange er schon tot ist?«

»Mal sehen … Kann ich ihn umdrehen? Wurden schon Fotos gemacht?«

Rio nickte.

Der Leiter des Institut médico-légal legte den Toten vorsichtig auf den Rücken. Mochte er auch noch so viel scherzen, mit seinen Klienten ging er stets sorgsam um.

Lacroix hatte schon viel über den Bäcker gelesen, ihn manches Mal in der Backstube gesehen. Doch nun, als er hier vor ihm lag, ging es ihm wie stets, wenn er einen Toten sah. Er war erschrocken, wie leer so ein Gesicht wirkte, wenn das Leben aus einem Menschen verschwunden war, auch wenn Maurice Lefèvres Züge sanft und gleichmütig waren. Lacroix konnte sich nicht erinnern, einmal mit dem *boulanger* gesprochen zu haben, was er nun bedauerte. Lefèvres Augen standen offen. Docteur Obert wartete nicht erneut auf den Fotografen, sondern schloss sie mit zwei Fingern.

»Ich kann den Todeszeitpunkt nicht genau bestimmen. Aber es sind wohl eher sechs Stunden vergangen als zwei. Ich sehe auf den ersten Blick keine weiteren Verletzungen, aber wie gesagt: Ich melde mich.« Mit diesen Worten erhob er sich. »Ihnen allen«, er nickte in die Runde, »einen guten Tag. Meine Leute kommen in zwanzig Minuten, um ihn abzuholen. Es ist derzeit recht ruhig im Institut, Commissaire. Kommen Sie doch morgen vorbei, dann sollte ich mehr wissen.«

Er verabschiedete sich formvollendet, dann schlenderte Docteur Obert so lässig hinaus, wie er fünf Minuten vorher hereingekommen war.

Lacroix sah sich in der Backstube um, betrachtete die sauberen Arbeitsflächen, die Rühr- und Knetmaschine. Alles hier sah nach echter Handarbeit aus. Dann stutzte er.

»Habe ich auch schon gesehen«, sagte Rio, die seinem Blick gefolgt war. »Vielleicht war der Gasmann doch nicht der Grund, warum er trotz Ruhetag hier war.«

»Oder nicht ausschließlich«, sagte Lacroix und näherte sich der kleinen Ecke hinter den Arbeitsflächen, in der ein breiter Ohrensessel stand, daneben ein winziges Tischchen, auf dem ein alter Wälzer lag. Gedichte von Rimbaud, Gesamtausgabe. Daneben stand eine offene Cognacflasche, in einem Glas nur noch eine wässrige Lache.

Der Commissaire besah sich die Flasche und pfiff

leise durch die Zähne. Er kannte sich nicht sonderlich gut aus, aber dass sich der Bäckermeister zur Lektüre eine Flasche Hennessy No. 1 schmecken ließ, war nun doch außergewöhnlich. Wenn überhaupt, war dieser Cognac nur für echte Glücksritter zu bekommen, so selten gab es ihn zu erwerben, und dazu kostete eine Flasche in etwa so viel wie ein mittelalter Gebrauchtwagen.

Lacroix beugte sich herab und roch am Glas. Cognac, ganz sicher.

»Ich möchte …«, begann er, doch als er sich zu ihr umdrehte, sah er, dass Rio bereits angefangen hatte, die Ecke aus allen Perspektiven zu fotografieren. »Gut, Sie wissen Bescheid. Wann kommt Madame Lefèvre?«

»Sie müsste jeden Moment hier sein«, sagte Paganelli, der von Rio ins Bild gesetzt worden war.

Am Ende der Backstube war eine Tür, in die ein vergittertes Fenster eingelassen war. Lacroix öffnete sie und trat in den kleinen Hinterhof. Nach oben waren es vier Etagen, der Geruch von Hefe lag schwer in der kalten Luft. So ordentlich und geschrubbt die Backstube und der Verkaufsraum waren, so heruntergekommen war der Hof. Zwischen unzähligen Zigarettenkippen erkannte der Commissaire Rattenkot.

Der Mann von Gaz de France, ein kleiner dicker Mittfünfziger in einem blauen Overall, saß auf einer niedrigen Mauer und zündete sich eine Zigarette an. Er blickte auf und sah den Commissaire aus blutunterlaufenen Augen an.

»So was wünscht sich keiner, das sag ich Ihnen aber«,

sagte er und klang, als sei er es gewesen, der dem Cognac zugesprochen hatte. »Ich habe schon einiges gesehen«, fuhr der Mann fort. »Einmal habe ich eine alte Frau gefunden, die schon ein paar Wochen hinter ihrer Tür gelegen hatte. Der Hausmeister hatte mir den Schlüssel gegeben. Aber das hier …«, er stockte, »das hat mich echt umgehauen. Wie der da lag … Mir war gleich klar, dass der nicht mehr ist.«

»Wann waren Sie hier?«

»Um Punkt acht. Ich halte meine Termine ein.«

»Vorn war abgeschlossen?«

Der Mann nickte. »Ja, ich bin mit dem Türcode rein. Ich hatte ja Termine in allen Wohnungen, wollte aber zuerst zu Monsieur Lefèvre. Ich habe erst an der Hintertür geklopft, dann habe ich durch das Fenster gesehen und dachte, mich trifft der Schlag. Das war …«

»Kannten Sie Monsieur Lefèvre?«

Wieder nickte der Gasmann. »Ein ganz feiner Kerl. Ein echter Handwerker. Gibt's ja beinahe nicht mehr, heute, wo die Algerier denken, sie könnten französisches Brot backen. Können Sie vergessen, den Mist. Die Kruste der Baguettes vom alten Lefèvre, die war einmalig. Nein, der war ein Mann von echtem Schrot und Korn. Mir hat er immer ein *tradi* geschenkt. Der wusste, wer ein echter Kollege war. Wir Handwerker halten zusammen.« Er hielt einen Moment inne. »Ist wirklich schade um ihn, so ein feiner Mann.«

»Haben Sie jemanden gesehen? Im Laden oder im Hof?«

»Niemanden«, sagte der Gasmann kopfschüttelnd.

»Gut«, sagte Lacroix und hob den Kopf, um die Etagen zu taxieren. »Wenn Ihnen noch etwas einfällt, dann melden Sie sich bitte im Kommissariat im Fünften. Einen guten Tag.«

Er wollte zurück in die Backstube gehen, doch etwas hielt ihn auf. Er drehte sich noch mal um.

»Wie lange kennen Sie Monsieur Lefèvre schon?«

Der Mann richtete sich auf. »Ich betreue diesen Bezirk seit 25 Jahren. So lange kenne ich auch Monsieur Lefèvre. Es war die Zeit, als er den Laden von seinem Vater übernommen hat.«

»Wissen Sie, ob er Probleme hatte? Feinde?«

»Commissaire, ich bin zweimal im Jahr für eine halbe Stunde bei meinen Kunden, höchstens. Woher soll ich denn wissen ... Ich habe ihn immer als Mann mit Format wahrgenommen. Ich bin wirklich geschockt, ihn da liegen zu sehen, das wird mich in meine Träume verfolgen, glauben Sie mir.«

Lacroix ging in die Bäckerei zurück. Rio und Paganelli standen schweigend neben der Leiche, die gerade in einen metallenen Sarg gehoben wurde.

»Capitaine«, sagte Lacroix leise, und Rio trat einen Schritt näher.

»Bitte befragen Sie die Nachbarn. Hier und im Haus nebenan. Vielleicht ist irgendjemandem etwas Ungewöhnliches aufgefallen, vielleicht wurde jemand aus dem Schlaf gerissen. Fragen Sie die Leute, was in der Nacht los war. Sie haben Docteur Obert gehört, das Opfer ist schon eine Weile tot. Wir sehen uns später im Kommissariat, ich werde draußen auf Madame Lefèvre warten.«

Sie nickte, und Lacroix verließ die Bäckerei, ging auf dem Gehsteig auf und ab, aber er musste nicht lange warten. Von ganz hinten, aus Richtung des Boulevards, eilte eine Frau auf ihn zu. Sie war groß und kräftig, eine herbe Schönheit, ihr Gesicht war voll und rot. Gesund und kräftig sah sie aus, dachte Lacroix.

Er stellte sich ihr in den Weg, sie sollte keine Gelegenheit haben, im Laden die Schrecken der vergangenen Stunden zu sehen.

»Madame Lefèvre?«, fragte er, obwohl er keinen Zweifel hatte. »Mein Name ist Commissaire Lacroix von der Police nationale. Ich würde Sie gern auf einen *café* einladen, vielleicht gehen wir ein Stück.«

»Was ist denn passiert?«, fragte sie, während sie versuchte, an ihm vorbei in den Laden zu schauen.

»Kommen Sie«, Lacroix führte sie ein Stück die Straße hinab. »Gehen wir hier hinein«, sagte er und öffnete die Tür zum La Palette. Er hätte auch mit ihr ins Chai gehen können, das nur wenige Meter entfernt lag, aber er wollte die Witwe eines Mordopfers nicht in sein Stammlokal führen, wo er von allen begrüßt worden wäre. Er bemerkte, dass die Frau vermied, ihn anzusehen, selbst als sie ihm gegenüber Platz nahm. Er verstand sie. Die Menschen wussten, dass er selten gute Nachrichten brachte, spürten meist gleich, dass etwas nicht stimmte.

»Monsieur, *deux cafés, s'il vous plaît*«, rief er in Richtung Bar, und als der Mann hinter dem Zinktresen nickte, beugte Lacroix sich ein Stück vor, um leiser sprechen zu können.

»Madame Lefèvre, ich habe leider eine schreckliche Nachricht für Sie. Ihr Mann wurde in der vergangenen Nacht erschlagen. Ein Zeuge hat ihn heute Morgen in der Backstube gefunden, und wir sind uns sicher, dass Monsieur Lefèvre getötet wurde.«

Ihr Gesicht wurde noch röter, sie war ganz und gar starr, dann erhob sie sich schwerfällig, ohne ihn anzusehen. Lacroix hatte Angst, dass sie zusammenbrechen würde, doch sie blieb nur kurz vor dem roten Ledersessel stehen und fing dann an, im Café auf und ab zu gehen, den Blick gesenkt. Er sah ihre Augen nicht, sah nicht, ob sie weinte. Als sie sich umwandte, bemerkte er, wie sich unablässig ihre Lippen bewegten, als murmele sie etwas. Es klang wie eine Litanei, doch genaue Worte drangen nicht zu ihm durch.

Lacroix blieb sitzen, der Kellner brachte die beiden *cafés*, ohne die Frau aus den Augen zu lassen, die er zweifellos für verrückt hielt.

Der Commissaire nahm seine Tasse, rührte mit dem kleinen Löffel darin herum und ließ ihr die Zeit, die sie brauchte, um zu verstehen, was er ihr da gerade gesagt hat. Erst nach einigen Minuten kam Madame Lefèvre an den Tisch zurück, blieb noch einen Moment abgewandt stehen, dann setzte sie sich.

»Ich habe ihn nicht nach Hause kommen hören.«

»Ist Monsieur …«, begann Lacroix, doch sie unterbrach ihn gleich wieder mit einer wegwerfenden Geste, ihre Augen richteten sich auf ihn, als sei sie aus einem Traum erwacht.

»Das ist nicht ungewöhnlich, das wollte ich damit nicht sagen. Überhaupt nicht. Er war oft nächtelang in der Bäckerei. Und dass er gestern geblieben ist, nach seinem Triumph, hat mich nicht überrascht.«

»Sie meinen die Wahl zum besten Baguette der Stadt? Ich habe es vorhin in der Zeitung gelesen.«

Sie lächelte in sich hinein und nickte sanft. »Niemand hat es für möglich gehalten, außer ihm. Aber er hat es tatsächlich geschafft und den Titel verteidigt.«

Lacroix nahm einen Schluck von seinem *café*, tatsächlich erstaunt. »Ist das denn so ungewöhnlich?«

Sie nickte stolz. »Das gab es noch nie, Commissaire. Noch nie. Es gibt einen Bäcker, der den Titel zweimal geholt hat, aber nicht in aufeinanderfolgenden Jahren. Aber mein Maurice hat es geschafft. Er wird damit in die Geschichte eingehen.«

Lacroix war selten sprachlos, jetzt aber brauchte er einen Moment, um sich zu sammeln. Er hatte dem Wettbewerb keine große Bedeutung beigemessen, ganz anders als Madame Lefèvre. Seine Gedanken rasten. Der Sieger lag wenige Stunden nach der Verkündung erschlagen in seiner Backstube – das konnte doch kein Zufall sein.

»Was hat Ihr Mann nachts in der Boulangerie gemacht?«

»Was meinen Sie denn, Commissaire? Er trank sicher keinen Champagner und feierte sich selbst. Maurice war ganz anders, er ruhte nicht, nein, er wird die ganze Nacht dort gesessen und über Rezepten gebrütet haben. Er tüftelte immer an neuen Broten und Torten, vor allem aber wollte er die Rezeptur des Baguettes perfektionieren – auch wenn das natürlich totaler Blödsinn ist, wenn man erwiesenermaßen das beste Baguette der Stadt produziert. Aber sei's drum, das war seine Mission. Zwischendurch putzte er die Maschinen, und wenn er zufrieden war mit seinem Werk, dann genehmigte er sich einen sehr alten Cognac. Das war sein Ritual.«

Das Stimmengewirr um sie herum schwoll an, der Geruch von frisch gemahlenem Kaffee lag in der Luft. An der Bar zapfte der Wirt die ersten Biere des Tages. Nun, um kurz vor zehn, kamen die, die am Morgen schwer geschuftet hatten, Marktleute, Postboten, Reinigungskräfte. Lacroix sehnte sich nach dem Chai.

»Das klingt, als hätten Sie Ihrem Mann häufiger in der Backstube Gesellschaft geleistet«, sagte der Commissaire.

»Früher, ja«, sagte sie und lächelte in sich hinein. Ihre Wangen waren nun noch rosiger, sie wirkte auf einmal viel offener. »Aber Sie wissen ja, wie das ist, Monsieur le Commissaire, all die Pflichten und Verpflichtungen. Wir sind uns nach wie vor sehr nah, aber die Verantwortung für den Laden und die Mitarbeiter zwingt uns, mehr Geschäftspartner als ein Ehepaar zu sein.«

Sie hielt einen Moment inne, betrachtete ein junges Paar am Nebentisch, das Händchen hielt. Einen Augenblick später sah sie betroffen zu Boden.

»Ihr Verlust tut mir sehr leid«, sagte Lacroix. »Haben

Sie eine Idee, wer Ihrem Mann etwas antun wollte? Ich weiß, es ist eine plumpe Frage, aber: Hatte er Feinde? Neider?«

»Wissen Sie, Monsieur le Commissaire, in diesem Land gibt es an jeder Ecke einen guten Bäcker – auch wenn es leider immer weniger werden. Als Handwerker, und so verstehen wir uns, sind Sie immer einer unter vielen. Wenn Sie dann diese Auszeichnung erhalten, ist alles anders. Die Kunden rennen Ihnen die Bude ein, aber die Kollegen beginnen, sich abzuwenden, reden mit ihren Kunden schlecht über Sie: ›Ach, beim Lefèvre, da sind ja mittlerweile alle abgehoben, da geben sie sich keine Mühe mehr, die ruhen sich auf ihren Lorbeeren aus.‹ So ist das. Damit sollte Ihre Frage beantwortet sein. Neider gibt es viele.«

»Aber jemand, der Ihrem Mann wirklich nach dem Leben trachtete?«

Sie zuckte mit den Schultern. »Nicht dass ich wüsste.«

»Wie viele Angestellte haben Sie? Und wie viele von ihnen haben einen Schlüssel?«

»Es sind elf Angestellte. Einen Schlüssel haben die vier Bäcker und die Verkäuferinnen der Frühschicht. Ich mache Ihnen eine Liste und schicke sie in Ihr Kommissariat, *d'accord?*«

»Das wäre sehr freundlich. Hören Sie, Madame Lefèvre, wir haben Ihren Mann eindeutig identifiziert, deshalb ist es nicht nötig, dass Sie das tun. Aber wenn Sie ihn noch mal sehen und sich verabschieden möchten, ist das natürlich möglich. Wir haben ihn ins Institut der Gerichtsmedizin am Quai de la Rapée gebracht. Er ist … nun ja, man hat ihn mit großer Wucht erschlagen, und das führt mich zu der Annahme, dass es einen Streit gegeben hat. Der Täter muss sehr wütend gewesen sein. Oft ist es im ersten Schock schwierig, aber wenn Ihnen noch jemand einfällt, an den Sie jetzt noch nicht gedacht haben, bitte ich Sie, mich sofort anzurufen.«

»Natürlich, Commissaire.«

»Werden Sie den Laden nun erst mal schließen?«

Sie schüttelte entschieden den Kopf. »Wenn Sie mit Ihrer Arbeit fertig sind, öffnen wir wieder. Die Pariser sollen ihr bestes Baguette bekommen, Maurice hätte es nicht anders gewollt.«

4

Die Pfeife glühte den ganzen Weg über hellrot. Lacroix hatte einen Umweg genommen, um Zeit zu schinden. Er war noch einmal auf den Boulevard gegangen, hatte sich nach links gewandt, war in die große Kirche Saint-Germain-des-Prés gegangen und hatte sich auf einen der wackligen Holzstühle gesetzt. Die Abtei war düster und ruhig gewesen, nur erhellt vom flackernden Licht der Kerzen. Ein majestätisches Schiff, in dem er sich beschützt fühlte. Nach einer Weile war er wieder hinausgegangen, zurück in die schmalen Gassen.

Saint-Germain war eines der bekanntesten Quartiere von Paris. Heimat der Dichter und Denker. Jean-Paul Sartre und Simone de Beauvoir hatten im Café de Flore und im Deux-Magots geschrieben, hier war das Institut de France mit all den Akademien der Kunst und Wissenschaft. Wohnungen in den feinen Stadthäusern waren unerschwinglich geworden, tagtäglich schoben sich Tausende Touristen durch die Straßen. Doch Saint-Germain war eben auch nur eines der vielen Dörfer, aus denen Paris bestand. Ein Quartier inmitten dieser riesigen Stadt, in dem immer noch alte Pariser wohnten, die seit Generationen Wohnungen mit Bestandsschutz hatten. Die seit Jahrzehnten zu demselben Bäcker gingen, zu demselben Fleischer, zu demselben Kiosk auf dem Boulevard. Ein Ort zum Leben. Und nun war einer aus ihrer Mitte tot.

Die Place de Furstenberg, der hübsche kleine Platz mit den Trompetenbäumen und der alten Laterne in der Mitte, lag still da. An Orten wie diesen fühlte sich Lacroix wie in einem Dorf. Der Boulevard war ganz nah, und dennoch war hier nichts vom Verkehr, von dem Hupen und Brummen der Busse zu hören. Ein magischer Platz. Vor dem Schaufenster eines teuren Einrichtungsladens blieb er stehen. Dominique wünschte sich seit Langem neue Vorhänge für die Fenster zur Rue Cler.

Die letzten Meter bis zum Chai schlich er beinahe, weil er noch nicht fertig war, sich all die Bilder einzuprägen. Doch dann siegten die Kälte und der Hunger, und er beschleunigte seine Schritte, öffnete die Tür und ließ seinen Blick durch das volle Bistro schweifen, nahm nur vage die eng nebeneinanderstehenden Holztische und die rot bespannten Lederbänke wahr, die goldenen Verzierungen und Handläufe, die Fenster hinaus zur Rue de Buci. Sofort stellte sich ein Gefühl der Entspannung ein.

»*Bonjour*, mon Commissaire«, rief Yvonne hinter der Theke, während sie sich umdrehte, um die Kaffeemaschine zu bedienen.

Lacroix trat näher und blickte über den Tresen. Kaum dass er den Stammgast seines Frauchens sah, raste Idefix um die Theke herum. Der braune Yorkshire suchte sich ganz genau aus, von wem er gestreichelt werden wollte. Der Commissaire würde viel dafür geben, mehr Kollegen zu haben, die so viel Instinkt hatten wie dieses kleine Fellknäuel.

»Ist noch niemand hier?«, fragte er, während er sich hinabbeugte, um den Hund zu streicheln.

»Bin ich etwa niemand?«, fragte Yvonne in gespielter Entrüstung. »Alain war eben da, aber er musste rüber, um eine Lieferung anzunehmen.«

Der alte Gemüsehändler führte zusammen mit seinem Sohn den Laden gegenüber. Er war ein Mitglied der Troika, die sich allmorgendlich und, wenn es die Zeit zuließ, auch zum *déjeuner* im Chai traf. Lacroix und sein Bruder Pierre-Richard waren die beiden anderen Mitglieder. Eigentlich hätte die Troika eine Quadriga sein müssen, denn auch Yvonne Abeille, die Wirtin des altehrwürdigen Chai de l'Abbaye, war immer in ihrer Mitte.

»Und Pierre hat Mittagsandacht«, ergänzte Lacroix mit einem Blick auf die große Uhr über der Bar. Er konnte sich kaum an die Zeit erinnern, als sein Zwillingsbruder noch nicht Pfarrer der altehrwürdigen Basilique Saint-Clotilde in der Rue las Cases im noblen siebten Arrondissement gewesen war.

»Wonach steht dir der Sinn?«

»Bei der Kälte will ich etwas Rustikales – wie wäre es mit der *Sabodet Lyonnais?*«

»Eine gute Wahl. Dazu?« Sie zeigte auf den Zapfhahn, Lacroix nickte.

Yvonne nahm eines der kleinen Gläser und ließ das Meteor aus dem Elsass hineinlaufen. Keine Nachfrage, sie wusste, dass er stets nur kleine Gläser Bier trank, weil sie kälter, frischer, schmackhafter waren als die großen, die so schnell schal wurden.

»Mon cœur«, rief sie in die Küche zu ihrem Mann, der am Herd stand, »machst du unserem Commissaire die Lyoneser Würste?«

Sie stellte das Bier vor Lacroix, der in einem Schluck das halbe Glas austrank. Yvonne beobachtete ihn.

»Sorgenfalten auf der Stirn und sehr viel Durst. Was ist los?«

»Ein Tag, der mit einer Leiche begonnen hat, ist selten ein guter Tag«, sagte Lacroix.

Sie fragte nicht nach, ließ ihn zuerst das Bier austrinken und begann bereits, ein neues zu zapfen, als er fortfuhr:

»Maurice Lefèvre wurde erschlagen.«

Er musste nichts weiter sagen, sie hob sofort den Blick und sah ihn entgeistert an.

»Der Bäcker?«

»Du kennst ihn?« Die Frage war rein rhetorisch. Yvonne kannte jeden, der irgendwie typisch für Paris war und länger als ein Jahrzehnt in der Stadt wohnte.

»Ich habe mein Brot bei ihm bezogen, Baguettes und Croissants. Das dunkle Brot hole ich ja in der Rue du Cherche-Midi, wie du weißt.«

Lacroix liebte das Landbrot mit der dunklen Kruste von der Bäckerei Poilâne.

»Was war er für ein Mensch?«

»Ich habe mehr mit seiner Frau zu tun gehabt. Sie macht die Auslieferungen und war zehn Jahre lang jeden Morgen pünktlich hier. Das kenne ich von anderen Lieferanten auch ganz anders. Ihn habe ich vielleicht zwei-, dreimal im Jahr gesehen, wenn er mir neue Produkte vorgestellt hat. Ein feiner Mann, wie besessen von seinem Beruf. Stets freundlich und ein wenig in sich gekehrt. Du weißt, das mag ich. Mein liebster Koch«, sie wies mit dem Kopf in Richtung Küche, »ist ja auch so.«

»Du sagst, du *hast* dein Brot bei ihm bezogen. Heute also nicht mehr?«

»Deshalb bist du der beste Commissaire von Paris. Dir entgeht einfach nichts.« Yvonne hantierte mit Flaschen und Gläsern, während sie weitererzählte. »Im letzten Mai habe ich zu einer Bäckerei hier in der Nachbarschaft gewechselt, in der Rue l'Echaudé. Ich war überzeugt von Lefèvres Baguette – bis zu dem Zeitpunkt, als die ganze Stadt davon überzeugt war. Ich war natürlich zuerst stolz, die Qualität seines Brotes als eine der Ersten erkannt zu haben. Doch nach der Prämierung ließ die Qualität nach. Der Preis stieg um zehn Cent, dafür wurden die Brote kleiner, und irgendwas stimmte nicht mehr mit der Kruste. Manchmal war sie knochenhart, manchmal labbrig. Ich habe das eine Zeit lang beobachtet, dann habe ich Madame Lefèvre darauf angesprochen. Aber es kam keine Entschuldigung, und die Baguettes blieben so. Offenbar hatten sie es nicht mehr nötig. Die Touristen und den Präsidenten haben sie als Kunden gewonnen, mich verloren.«

Sie nickte energisch, um ihren Worten Nachdruck zu verleihen. Im selben Moment klingelte es in der

Küche. Yvonne griff um die Ecke und stellte den Teller vor Lacroix ab. Die Wurst aus Schweinskopf und Zunge war in dicke Scheiben geschnitten. Den Namen verdankte sie ihrer Form – der eines Holzschuhs. Das rote Schweinefleisch und das helle Fett glänzten um die Wette, während die Kruste scharf angebraten worden war. Die Wurst lag auf gekochten Wirsingblättern und einem cremigen Kartoffelgratin.

Lacroix mahlte schwarzen Pfeffer über das Gericht und griff nach seinem Besteck. Die Ereignisse des Morgens hatten ihn hungrig gemacht.

5

Es hatte wieder zu regnen begonnen, sodass Lacroix seinen Schritt beschleunigen musste. Dennoch war er pitschnass im Kommissariat angekommen. Er ging hier seit so vielen Jahren tagtäglich ein und aus, dass er die schreckliche Architektur gar nicht mehr recht wahrnahm. Das Haus war ein Betonblock in der Leichtbauweise, die in den Sechzigern Standard gewesen war, und damit eine Beleidigung für all die herrlichen Bürgerhäuser ringsum, die aus der Ära Haussmann stammten, dessen Architektur das Pariser Stadtbild prägte wie keine andere. Mittendrin lag das Kommissariat, gesichert von bewaffneten Polizisten und Straßensperren. Die moderne Zeit. Es machte Lacroix traurig, dass all das nötig war, um sich und seine Kollegen zu schützen, obwohl es doch eigentlich ihre Aufgabe war, die Pariser zu beschützen.

Lacroix leitete die Brigade criminelle des fünften und sechsten Arrondissements. *Rive gauche*, die Viertel, in denen die Sorbonne lag, das Quartier Latin, wichtige Denkfabriken wie die Académie française, die schönsten Buchhandlungen und Cafés der Stadt.

Er stieg die drei Etagen hinauf, im zweiten Stock passierte er das Museum der Pariser Polizeipräfektur, das direkt unter seinem Büro lag. Es beherbergte eine Sammlung von Polizeiartefakten aus drei Jahrhunderten: Bilder, Waffen, Uniformen, Geschichten über die spektakulärsten Morde, die Paris erleben musste.

Oben herrschte ein geschäftiges Treiben: Rio und Paganelli telefonierten, der Korse wie stets mit lauter Stimme und wild gestikulierend. Lacroix ging an ihnen vorbei und betrat sein Büro. Als sein Blick auf die Glasscheibe fiel, die sein kleines Büro von dem seiner Kollegen trennte, nickte er anerkennend. Wahrscheinlich war es Rio gewesen, die in der Kürze der Zeit die Fotos von allen, die an dem Fall beteiligt waren, besorgt, ausgedruckt und aufgehängt hatte. Noch kannte Lacroix nur die wenigsten. Das freundliche und sanfte Gesicht von Maurice Lefèvre, dem Opfer. Die rosigen Wangen seiner Frau direkt daneben. Zudem waren Passfotos aller Angestellten der Boulangerie aufgehängt. Lacroix erkannte zwei der Verkäuferinnen des Vortages auf den ersten Blick. Direkt daneben der Mann von Gaz de France, der als Erster am Tatort gewesen war und die Leiche gefunden hatte. Offenbar hatte das Ehepaar Lefèvre keine Kinder, sonst hätte Rio auch Fotos von ihnen aufgehängt. Er würde sie gleich danach fragen.

Lacroix hatte die Tür offen stehen gelassen, und so trat die Capitaine ein, ohne anzuklopfen. In der Hand hielt sie zwei weitere Fotos.

»Das hier«, sie zeigte auf die beiden Gesichter, eine Frau und einen Mann, beide Mitte, Ende fünfzig, »sind Claudine Rabaly, die zuständige Handelssekretärin, und Bertrand Lemaire, der Chef der Bäckerinnung. Sie waren gestern bei der Prämierung dabei. Ich habe sie informiert. Sie erwarten uns um 16 Uhr im Rathaus.« Sie hing die Fotos auf und sah ihn an. »Commissaire, seit einer Stunde klingelt ununterbrochen das Telefon. Die Presse will alles wissen. Der berühmteste Bäcker der Stadt ermordet, nur wenige Stunden nach seinem großen Triumph! Das ist ein gefundenes Fressen für die.«

»Sie wissen also auch schon Bescheid …« Lacroix seufzte. »Herrgott noch mal!«

»Was sollen wir tun?«, fragte Rio, obwohl sie die Antwort kannte.

Mit dem Polizeireporter Havrincourt hatte Lacroix eine enge Freundschaft verbunden. Doch nachdem sich der Mann vor einem knappen Jahr mit dem Rasenmäher über den Fuß gefahren und anschließend an einer Thrombose gestorben war, mied der Commissaire jeden Kontakt zur Presse. Leider funktionierte das in den wenigsten Fällen. Paris war eine Stadt, die den Klatsch so sehr liebte, wie sie das Verbrechen fürchtete.

»Versuchen wir es vorerst mit einer simplen Pressemitteilung. *Bäckermeister aus der Rue de Seine wurde erschlagen*. Uhrzeit, grobe Fakten, keine Details. Das muss reichen. Faxen Sie es an die Redaktionen. Sollte der Druck größer werden, muss Arnaud eine Pressekonferenz geben.«

Arnaud Mercier war der Polizeichef. Er residierte in seinem Büro im Quai des Orfèvres mit Blick auf die Seine und war Lacroix' direkter Vorgesetzter. Er liebte die Öffentlichkeit in dem Maße, in dem Lacroix sie scheute.

»Können Sie Paganelli rufen?«

Rio verschwand, und Lacroix sah ihr nach. Er hatte die Capitaine vor über zwölf Jahren in sein Team geholt, damals stand sie am Anfang ihrer Karriere, hatte gerade erst ihren Abschluss an der Polizeiakademie gemacht. Sie stammte ursprünglich aus Mayotte, hatte zusammen mit ihrer Frau zwei Kinder, Zwillinge, die Capitaine Rio geboren hatte. Vor einem guten halben Jahr hatte ihre Frau sie für eine andere verlassen – momentan war es eine schwierige Dreiecksbeziehung.

Nach wenigen Momenten betrat sie das Büro, Commandant Paganelli im Schlepptau. Der junge Mann stammte ursprünglich aus Korsika und war – wie viele Bewohner der autonomen Insel – ein echtes Raubein. Auch ihn hatte Lacroix angeworben, als er am Beginn seiner Karriere stand.

Sie setzten sich auf die Stühle gegenüber dem Schreibtisch. Lacroix aber stand auf und ging auf und ab.

»Was haben wir?«, fragte er.

»Einen Bäcker, erschlagen mit seinem Brotschieber«, sagte Rio. »Wenige Stunden vor seinem Tod hat er als erster *boulanger* überhaupt im Wettbewerb um das beste Baguette der Stadt den Titel verteidigt. Er war laut Zeugenaussagen nach der Prämierung noch bei dem Festumtrunk der Bäckerinnung, ist von dort aber nach kurzer Zeit verschwunden. Offenbar ist er in seine Backstube gegangen.«

»Dort hat er wohl an neuen Rezepten getüftelt und

allein seinen Sieg gefeiert, vermutet zumindest seine Frau. Ziemlich still, so scheint es, mit einem Buch und einem sehr teuren Cognac. Können Sie das Foto von der Leseecke noch an die Scheibe kleben, Capitaine? Ich fand es bemerkenswert.«

»Der Todeszeitpunkt steht noch nicht genau fest«, fuhr Rio fort. »Wir wissen lediglich, dass er mit großer Wucht erschlagen wurde, jemand also eine furchtbare Wut auf ihn hatte. Dabei scheint es so, als sei Lefèvre ein Mann gewesen, der von vielen Menschen gemocht wurde. Was wir ausschließen können, ist ein Raubmord: Der gesamte Tagesumsatz war am Abend von einer der Verkäuferinnen mitgenommen und bei der Crédit Agricole auf dem Boulevard eingezahlt worden. Auch im Haus hat niemand etwas gehört, wir haben fast alle Nachbarn angetroffen. Bei den zweien, die nicht zu Hause waren, bleiben wir dran. Aber bisher, wie gesagt, Fehlanzeige. Alle kannten Lefèvre, viele waren seine Kunden. Einige waren genervt von der Menschenmenge vor der Tür, was aber wohl nicht für ein Motiv reicht. Und niemand hat einen Eindringling bemerkt.«

»Wir sollten so schnell wie möglich die Angestellten befragen«, sagte Paganelli. »Von denen erfahren wir sicher am besten, was er für ein Mensch war. Bei diesen Handwerkern herrscht ja manchmal ein rauer Umgangston.«

»Das können wir morgen gleich als Erstes machen. Madame Lefèvre will den Laden wieder öffnen, sobald wir ihn freigeben. Wann wird das sein?«

»Die Kollegen von der Spurensicherung sind eigentlich fertig. Heute Abend sind wir da raus.«

»Gut. Dann gehen wir beide gleich ins Rathaus, Rio?«

»Natürlich, Commissaire. Was hatten Sie für einen Eindruck von der Frau des Bäckers?«

Lacroix überlegte einen Moment. »Ich glaube, sie hat ihn sehr geliebt. Sie hat voller Wärme von ihm gesprochen. Von seiner Leidenschaft für seine Arbeit.«

Rio schlug sich plötzlich mit der Hand an den Kopf. »Moment, ganz vergessen …« Sie ging zu ihrem Schreibtisch, um kurz darauf mit der Zeitung wiederzukommen.

»Hier, Commissaire, damit sollten wir uns beschäftigen.«

Lacroix überflog erneut die Schlagzeile: »Sensationelle Wiederwahl – Lefèvre ist der Baguette-König von Paris.«

Paganelli stöhnte. »Was für ein Blödsinn.«

»Nicht so voreilig«, sagte Lacroix. Er schlug die Zeitung auf, um endlich in Ruhe den ganzen Artikel zu lesen.

Maurice Lefèvre, Bäckermeister im sechsten Arrondissement, hat zum zweiten Mal in Folge den Wettbewerb um das beste Baguette der Stadt gewonnen – ein absolutes Novum. Die Jury kürte den gebürtigen Pariser nach einer Blindverkostung, in der sie Kruste, Geschmack und Konsistenz der Baguettes bewertete und das von Monsieur Lefèvre zum Sieger erhob.

Aus Kreisen der Jury hieß es, dass der Punktevorsprung des Bäckers von rive gauche *gewaltig war.*

Die Jury besteht aus Mitarbeitern der Bäckerinnung, des Rathauses, aus Journalisten und sechs Bürgern, die sich auf das Amt beworben hatten und ausgelost wurden. Pikant ist, dass auch der Vorjahressieger selbst in der Jury saß. Lefèvre hätte sich also auch selbst wählen können – wenn eine einzelne Bewertung auch nicht den Ausschlag hätte geben können.

Insgesamt wurden fast 250 Baguettes eingereicht. Zweitplatzierter wurde der bekannte boulanger *Dany Moeller aus der Rue des Abbesses im achtzehnten Arrondissement. Er hat den Titel bereits 2010 und 2015 gewonnen und galt damit als absoluter Ausnahmebäcker.*

Die Prämierung lohnt sich: Der Sieger erhält ein Preisgeld von 4000 Euro, die Verkaufszahlen verdoppeln sich, außerdem beliefert er für ein Jahr den Präsidenten der Republik – und das bringt zusätzliches Renommee.

Lefèvres zweifacher Sieg in Folge übertrifft alles bisher Dagewesene und wird ihn unsterblich machen.

»Da hat aber jemand den Mund etwas zu voll genommen«, sagte Paganelli. »Wenn unser Wurstblatt jemandem Unsterblichkeit nachsagt, kann man fast davon ausgehen, dass er ein paar Stunden später tot ist.«

»Merkwürdig …«, sagte Lacroix zu Paganelli. »Dasselbe hat Docteur Obert heute Morgen auch schon gesagt.«

»Der Zusammenhang ist einfach zu offensichtlich, oder?«, fragte Rio und runzelte die Stirn.

»Es wäre wirklich ein sehr großer Zufall.« Lacroix' Blick verriet seinen Mitarbeitern, dass er allein sein wollte. Sie verließen den Raum, der Commissaire lehnte sich in seinem Sessel zurück und schloss die Augen.

Kein Sieger
der Herzen

6

Lacroix hatte mit Rio vereinbart, dass sie sich um kurz vor vier vor dem Rathaus treffen, war aber schon eine Stunde vorher losgegangen. Er wandte sich am Boulevard Saint-Germain nach links, lief die Rue Dauphine hinunter und überquerte schließlich den Pont Neuf. Den kleinen Umweg war er gegangen, weil er die hölzerne Bank mitten auf der Place Dauphine so liebte. Hier rauchte er in aller Ruhe eine Pfeife. Wie üblich waren nur wenige Menschen unterwegs. Der Platz war genauso dreieckig wie die gesamte Île de la Cité und lag im Schatten des Justizpalastes, eines mächtigen Gebäudes, an das sich der Quai des Orfèvres anschloss, der Sitz der Pariser Kriminalpolizei. Deshalb hatte auch Kommissar Maigret seine Mittagspausen stets in der nahe gelegenen Brasserie Dauphine verbracht.

Lacroix klopfte die Pfeife an der Bank aus, stand auf und wandte sich nach Osten. Von Weitem sah sie ganz normal aus, die Silhouette, doch wenn er näher trat und das Dachgerippe von Notre-Dame erblickte, erschrak er jedes Mal aufs Neue. Wie wohl jeder Pariser, der sich seiner Stadt verbunden fühlte, ging auch Lacroix noch öfter zum *parvis* der alten Kathedrale, seit der schwere Brand das Bleidach und den Vierungsturm vernichtet hatte. In jener Nacht hatten auch die beiden Türme der

Kirche gedroht einzustürzen. Der Commissaire hatte seitdem manchmal das Gefühl, als machten nicht nur er, sondern auch einige seiner Mitbürger Kontrollgänge, um sich zu versichern, dass ihre Kirche noch stand.

Die Bauarbeiten zogen sich hin, langwierige Gutachten standen aus, und die Denkmalschutzbeauftragten mussten ihre Arbeit tun. Lacroix grauste bei dem Gedanken, dass allzu neumodische Architekten den Charakter der Kathedrale verändern könnten – etwa mit einem Dachstuhl, der nicht aus Holz war, oder einem Vierungsturm, der nicht dem Original entsprach. Er hoffte, dass die Kirche genauso wiederaufgebaut werden würde, wie sie seit dem Mittelalter gestanden hatte. Aber in diesen modernen Zeiten wusste man ja nie …

Lacroix ging über den Pont Notre-Dame mit seinen gewaltigen Rundbögen und schlenderte die letzten Meter an den Quais entlang, bis er auf den Vorplatz trat. Andere Städte hatten ein Rathaus, dem man ansah, das es ein schnöder Verwaltungssitz war. Paris aber hatte ein Märchenschloss zum Hôtel de Ville gemacht, ein gewaltiger lang gestreckter Bau mit Türmchen, Zinnen und hoch aufragenden Bleiglasfenstern an der Platzseite.

Wer hier Monsieur oder – wie derzeit – Madame la Maire war, musste sich bereits beim Betreten seines Arbeitsplatzes entweder vorkommen wie ein Sonnenkönig oder ganz klein und unbedeutend in Anbetracht dieser glorreichen Stadtgeschichte. Das hing dann wohl vom jeweiligen Charakter ab, dachte Lacroix.

Er betrachtete den Kleinwagen seiner Einheit, der in diesem Augenblick auf dem Bürgersteig direkt vor dem Rathaus zum Stehen kam. Typisch Rio. Die Capitaine gab nicht viel auf Verkehrsregeln. Sie klappte die Sonnenblende herunter, die den Wagen als Zivilfahrzeug der Police nationale auswies, stieg aus und setzte die Sonnenbrille erst ab, als sie vor Lacroix stand.

»Dann wollen wir mal«, sagte der Commissaire.

»Ab in die Höhle des Löwen.«

Sie betraten das Hôtel de Ville. An der Information nannte ihnen eine junge Frau die Raumnummer, und sie stiegen die Treppe hinauf in die zweite Etage. Am Ende eines dunklen Flures residierte die Handelssekretärin der Stadt Paris – eine mächtige Frau.

Rio klopfte, und eine resolute Stimme rief von drinnen:

»S'il vous plaît.«

Die beiden Polizisten traten ein und sahen sich einer Frau und einem Mann gegenüber, die sie von den Fotos kannten. Die Frau trug ein elegantes dunkles Kostüm und eine Perlenkette. Sie hatte kurze rote Haare und war eine Spur zu stark geschminkt. Hätte man Lacroix gefragt, welcher Partei sie angehörte, hätte er sofort auf die konservativen *Républicains* getippt. Dabei war die Frau für die *Socialistes* angetreten. Aber wahrscheinlich war es egal, ob links oder rechts – saß man erst mal im Rathaus, war man automatisch so *bourgeois* wie das Gebäude, in dem man residierte.

»Commissaire Lacroix, nehme ich an?«, fragte die Frau. »Ich habe schon so viel über Sie gehört und gelesen. Schön, dass wir uns nun endlich auch persönlich kennenlernen«, sagt sie jovial und streckte ihm die Hand entgegen, die er ergriff. Capitaine Rio würdigte sie keines Blickes.

»Mein Name ist Claudine Rabaly, ich bin hier im Rathaus für den Wettbewerb verantwortlich. Das hier ist Bertrand Lemaire, Chef der Bäckerinnung und damit der wichtigste Vertreter der Pariser Bäcker.«

Der Mann mit Halbglatze nickte geistesabwesend. Er schien nur Rio zu bemerken, konnte seine Blicke nicht von Lacroix' Kollegin lösen. Lemaire sah aus wie ein typischer Verbandstyp: Der Anzug unförmig und ausgebeult, seiner Leibesfülle nach sprach er wohl besonders der Patisserie-Abteilung der Bäckereien gut zu.

»Vielen Dank, dass Sie uns empfangen«, sagte Lacroix verbindlich.

»Nehmen wir doch Platz«, bat die Frau und ließ sich hinter ihrem Schreibtisch nieder. Ihr Bürofenster ging nicht nach vorn auf den Hauptplatz hinaus, auch nicht auf den Fluss. Man sah direkt auf eine Hauswand, dahinter begann der Marais.

»Wie Sie wissen, ist Maurice Lefèvre in der vergangenen Nacht erschlagen worden«, begann Lacroix. Die Frau und der Mann nickten. Während Madame Rabaly ihn mit großen Augen ansah, senkte Lemaire den Kopf.

»Nach dem derzeitigen Stand unserer Ermittlungen gehören Sie zu denjenigen, die ihn zuletzt gesehen haben. Der Gewinner wurde erst am Abend bekannt gegeben, und beim anschließenden *dîner* war Lefèvre noch da. Ist das richtig?«

»Zuerst einmal wollen wir Ihnen sagen, dass wir zutiefst bestürzt sind über den Tod eines der geschätztesten Handwerker der Stadt«, begann Madame Rabaly. »Es ist …«

»Madame, verzeihen Sie«, unterbrach Rio sie. »Wir sind kein Kamerateam, das ein Statement für die Abendnachrichten braucht. Wir würden gern wissen, wann Monsieur Lefèvre Ihre Veranstaltung verlassen hat.«

Brüskiert wandte sich Madame Rabaly der Capitaine zu, doch Monsieur Lemaire legte besänftigend seine Hand auf ihren Arm.

»Er war nur kurz beim Dinner, was untypisch war. In letzter Zeit hat Maurice sehr gern und ausgelassen gefeiert. Mir schien es, als hätte er seinen Sieg nicht recht fassen können.« Lemaire lächelte süffisant. »Und um das noch hinzuzufügen: Da ging es ihm wie mir.«

»Welchen Eindruck machte Monsieur Lefèvre auf Sie beide während der Verkostung?«, fragte Lacroix.

»Er war wahnsinnig angespannt und nervös«, sagte Madame Rabaly.

»Was mich sehr erstaunt hat«, fügte Monsieur Lemaire hinzu. »Er war ja nur Jurymitglied, hatte nichts zu verlieren und konnte nicht ahnen, dass er erneut gewinnen würde.«

»Na ja«, flüsterte Madame Rabaly.

Lacroix sah sie an. »Was meinen Sie, Madame?«

»Ich bin, anders als mein lieber Kollege, nicht nur

überrascht von Maurice' Triumph. Ich war völlig entrüstet und kann es immer noch nicht glauben. Es ist …«

Lacroix ließ sie nachdenken.

»… es ist gänzlich ausgeschlossen. Stellen Sie sich vor: fast 250 Baguettes, davon noch mal über 170 in der zweiten Runde. Ihnen kann ich es ja sagen: Die Unterschiede sind marginal. Und trotzdem gewinnt zweimal in Folge dieselbe Boulangerie? Das ist wie ein Sechser im Lotto.«

Es herrschte absolute Stille im Raum. Lemaire schien den Atem anzuhalten.

Lacroix fand als Erster die Sprache wieder. »Was wollen Sie damit andeuten?«

Madame Rabaly senkte die Stimme, beugte sich über den Schreibtisch, kam Lacroix damit ein Stück zu nahe.

»Ich weiß nicht, *wie* er es gemacht hat. Aber ich bin mir sicher, dass es bei der Wahl nicht mit rechten Dingen zugegangen sein kann.«

Lacroix war wie elektrisiert. Er fragte sich, was diese Frau antrieb. Auch Rio schien das zu spüren.

»Bitte reden Sie Klartext mit uns. Worauf wollen Sie hinaus?«, fragte sie ungehalten.

»Wie gesagt: Ich weiß nicht, was passiert sein könnte. Es klingt natürlich absolut unglaublich. Aber wenn man drüber nachdenkt …«

»Lassen Sie uns an Ihren Gedanken teilhaben, Madame«, versuchte Lacroix es eine Spur freundlicher, auch wenn er ebenfalls allmählich ungeduldig wurde.

»Ich habe keine Idee. Ich spüre nur, dass irgendetwas nicht stimmt.«

»Sie kennen das Prozedere am besten. Kann ein Jurymitglied allein die Wahl manipulieren? Oder hatte Monsieur Lefèvre Verbündete? Hatte er etwas gegen die anderen Jurymitglieder in der Hand?«

»Für die Offiziellen lege ich meine Hand ins Feuer. Bei den Journalisten hingegen kann man sich nie sicher sein.«

Lemaire richtete sich auf und nickte: »Und dann sind da noch die ausgelosten Pariser …«

Rio ging dazwischen: »Sie sagen es: Die Bürger wurden ausgelost. Wie sollte man das denn manipulieren?«

»Eigentlich ist es unmöglich. Wir hatten wahnsinnig viele Bewerbungen, wie jedes Jahr. Vielleicht waren es sogar noch ein paar mehr. Die Bewerbungen gehen online ein, und dann losen meine Mitarbeiter hier die Gewinner aus.«

»Und Sie vertrauen Ihren Mitarbeitern, Monsieur Lemaire?«

»Natürlich.«

»Gut«, sagte Lacroix und seufzte, »ehrlich gesagt hatte ich in den Gesprächen, die ich bisher geführt habe, auch nicht den Eindruck, dass Lefèvre zu einer Wahlmanipulation fähig wäre, dass er den Erfolg über alles stellt. Er schien mir sehr ehrbar, eigentlich über jeden Verdacht erhaben.«

Die Politikerin räusperte sich. Offenbar gelangten sie auf unsicheres Terrain.

»Ich kenne Maurice schon sehr lange«, sagte sie und

wirkte wieder eine Spur zu vertraulich. »Ich bin mir nicht sicher, ob ich besser sagen sollte, ich kannte ihn. Nicht, weil er heute Nacht gestorben ist, sondern weil er sich verändert hat. Es war keine schleichende Veränderung, nein, ganz und gar nicht, vielmehr änderte er sein Verhalten an einem Tag, der nun genau ein Jahr her ist.«

»Der erste Sieg?«

»Genau, Commissaire. Vorher war er – wie haben Sie es eben formuliert? – ein ehrbarer Mann, ein guter Handwerker. Doch dann war es, als sei er erwacht, als sei er nun ein Geschäftsmann, irgendwie anders. Wir haben uns oft gesehen, er saß auch im Rat der Händler der Stadt. Und es schien mir, als gewöhne er sich zu sehr an den Ruhm. Ich fand das unangenehm, muss ich sagen, obwohl es mir nicht angemessen erscheint, schlecht über einen Toten zu reden.«

»Das finde ich auch, liebe Claudine«, mischte sich Lemaire wieder ein. »Er war ein absoluter Experte in unserem Metier, und ich habe ihn sehr geschätzt. Wenngleich ich dir recht geben muss, dass es nicht jedem guttut, im Präsidentenpalast ein und aus zu gehen.«

»Ist das wirklich so?«, wollte Rio wissen. »Ist das nicht bloße Symbolik mit der Belieferung des Präsidenten?«

»Oh nein«, sagte Lemaire voller Inbrunst. »Ganz und gar nicht, Madame. Der prämierte Bäcker beliefert jeden Morgen den Palast mit Baguettes und *viennoiseries*. Wir nehmen das sehr ernst, genau wie der

Élysée. Der Preisträger steht in regem Austausch mit dem Küchenchef des Palastes und trifft sogar mehrmals im Jahr den Präsidenten persönlich, auf Empfängen und bei verschiedenen Ehrungen. Es handelt sich um eine wichtige Auszeichnung mit hoher Strahlkraft, ich bitte Sie.«

»Wären Sie gern Bäcker des Jahres geworden, Monsieur Lemaire?« Lacroix stellte die Frage völlig unschuldig, dennoch zuckte der Verbandschef zusammen.

»Commissaire, ich bitte Sie! Natürlich ist so eine Auszeichnung der Traum eines jeden Bäckers, aber bei so einer Blindverkostung braucht man auch immer noch ein Quäntchen Glück. Und ich bin mit meiner Stellung sehr zufrieden.«

»Diskutieren Sie im Vorfeld über mögliche Gewinner, geben Sie Prognosen ab? Kurz gesagt: Hatten Sie als Jurymitglieder einen Favoriten?«

Rabaly und Lemaire warfen sich einen kurzen Blick zu.

»Nun gut, es ist schon so«, sagte die Frau zögernd, »dass Dany Moeller aus dem Achtzehnten es mehr als verdient hätte. Er ist ein großartiger Bäcker, produziert seit Jahren gleichbleibend gute Qualität. Und stellen Sie sich vor, er hätte den Titel ein drittes Mal gewonnen – was für eine Sensation!«

Lacroix schien ihr nicht richtig zuzuhören, er sah aus dem Fenster. Dann sagte er leise: »Am Ende geht es um ein einziges Baguette. Wie soll man das erkennen?«

Rabalys Blick war beinahe wütend, während Lemaire aussah, als ginge ihn das alles nichts an.

»Was wird nun geschehen, da Monsieur Lefèvre ermordet wurde? Wird der Titel neu vergeben?«

»Darüber werden wir beraten«, sagte Madame Rabaly knapp.

»Aber nein«, fuhr Lemaire sie an. »Das dürfen wir nicht. Claudine, wo denkst du hin? Er hat gewonnen, seine Bäckerei wird den Titel posthum tragen, das ganze Jahr.«

Sie starrte ihn an, offenbar war sie von der Heftigkeit seiner Reaktion überrascht.

»Madame, Monsieur, wir brauchen von Ihnen bitte bis heute Abend die Liste aller Jurymitglieder. Capitaine Rio wird Ihnen ihre Kontaktdaten geben. Lassen Sie uns bitte nicht darauf warten. Ich wünsche Ihnen einen guten Tag. Wir finden allein raus.« Mit diesen Worten erhob er sich und verließ das Büro.

Als sie auf den Rathausplatz traten, wehte wieder ein kräftiger Wind. Lacroix schlug den Mantelkragen hoch und trat schnellen Schrittes den Rückweg auf die andere Seine-Seite an. Er vermied es, wann immer möglich, bei Rio mitzufahren.

Lacroix betrat gerade den eisernen Pont d'Arcole, als er seinen Namen hörte. Er drehte sich um. Madame Rabaly hatte sich nicht einmal eine Jacke angezogen, dabei war es wirklich eiskalt.

»Ja, Madame?«

»Hören Sie, Commissaire, ich wollte es nicht vor Lemaire sagen, er fühlt sich immer sehr schnell angegriffen. Offenbar zu Recht, denn wenn es stimmt, was ich gehört habe, geht es in seiner Abteilung nicht mit rechten Dingen zu.«

»Genug der Anspielungen, Madame Rabaly, kommen Sie zum Punkt. Wir wollen ja nicht, dass Sie sich hier noch erkälten.«

»Ich habe läuten hören, dass Maurice bei der Auslosung der Jurymitglieder dabei war. Er kannte offenbar einen der Mitarbeiter von Lemaire privat.«

»Sie glauben, dass er die Auswahl der Jurymitglieder manipuliert hat? Das ist eine ungeheure Anschuldigung, Madame.«

»Es ist meine Bürgerpflicht, Commissaire. Aber bitte, sagen Sie niemandem, dass Sie es von mir wissen. Stellen Sie sich den Skandal vor!«

»Von wem wissen Sie es denn, Madame?«

»Darüber muss ich schweigen. Ich bitte Sie, kriegen Sie raus, was da los war.«

»Ich danke Ihnen.«

Lacroix wandte sich wieder um, und auch Madame Rabaly wollte mit schnellen Schritten zurück in Richtung Rathaus eilen, als der Commissaire sich noch einmal umdrehte und laut sagte:

»Madame?«

Sie hielt kurz inne.

»Was treibt Sie an?«

Sie tat, als habe sie seine Frage nicht gehört, lief weiter und verschwand aus seinem Blickfeld.

Lacroix kratzte sich am Kopf. Der Fall nahm Fahrt auf, aber ganz anders, als er es erwartet hatte.

7

Die Rue de Buci lag noch ruhig da. Erst in einer halben Stunde würden die Angestellten aus den Büros ringsum strömen und sich in die Bars drängen, um sich zum Apéro zu treffen. Noch saßen nur wenige Touristen unter den Heizpilzen der Bar du Marché.

Lacroix klopfte die Pfeife aus und betrat das Chai. Diesmal standen sie alle an der Bar: Alain und Pierre-Richard vor, Yvonne hinter dem Tresen. Idefix schlief auf seiner Decke neben der Bar, seinen Kuschelbären unter der Schnauze.

»Unser Commissaire«, sagte Alain, und sie tauschten die drei *bises,* wie jeden Tag.

»Mon frère«, sagte Pierre-Richard, der Priester, und drückte seinen Bruder an sich.

»Ein langer Tag«, sagte Lacroix. »Ich hätte gern ein Bier, Yvonne.«

»Bien sûr«, sagte sie und stellte ihm das Glas hin, das sie bereits vorsorglich gezapft hatte. Ein erschöpfter Lacroix, ein neuer Fall – da brauchte sie seine Bestellung nicht abzuwarten.

Er trank einen großen Schluck und spürte die erwartungsvolle Stille, als er das Glas absetzte.

»Alors«, sagte Alain, »was ist mit dem toten Bäcker?«

Lacroix wusste, dass nicht zwangsläufig Yvonne geplaudert haben musste, auch wenn sie es sicher getan hatte. In der Rue de Buci verbreitete sich auch ohne ihr Zutun jede Nachricht wie ein Lauffeuer, und was sich seit dem Morgen für Nachrichten in diesem Internet verbreitet hatten, wollte er lieber gar nicht erst wissen.

»Das könnte ein wirklich spannender Fall werden«, sagte Lacroix und wischte sich den Schaum von der Oberlippe. »Es ist immer wieder unglaublich, wie aus einem Mord, für den es keinerlei Motiv zu geben scheint, eine Tat wird, für die unzählige Menschen verantwortlich sein können.«

»Du meinst, Lefèvre hatte viele Feinde?«

Eben wollte Lacroix etwas Ausweichendes antworten, als er Yvonnes Blick bemerkte.

»Ich habe sie erst nicht erkannt«, flüsterte sie, »aber die Frau da war schon mal hier, vor ein paar Monaten. Ich glaube, sie wartet auf dich.«

Sie wies mit dem Kopf hinter ihn, und er drehte sich langsam um. Richtig. Die junge Frau, die an einem Tisch Zeitung las, kannte er – leider.

»Entschuldigt mich bitte kurz.«

Er ging in den Gastraum und nahm ungefragt ihr gegenüber Platz.

»Mademoiselle Schneider, ich dachte, ich wäre Sie losgeworden.«

Die junge Frau hob den Blick und schenkte ihm ein professionelles Lächeln, ihre schneeweißen Zähne strahlten.

»Ach, Commissaire Lacroix, darf ich nicht einfach hier sitzen und lesen?«

»Den *Parisien?* Ich dachte, Sie schreiben mittlerweile

ohnehin die ganze Zeitung allein – bei dem ungeheuren Qualitätsanstieg.«

Sie lächelte müde. »Im Ernst, Commissaire, mein Interesse an Ihnen war nie erloschen. Ich habe die letzten Monate genutzt, um Ihnen zu zeigen, dass ich gut bin in meinem Job und Sie mir vertrauen können. Vertrauen Sie mir?«

»Was wollen Sie?«

»Maurice Lefèvre. Dass der Bäcker des Jahres ein paar Stunden nach der Preisverleihung stirbt, ist doch kein Zufall.«

»Meinen Sie?«

»Es ist eine Sensation, dass er zweimal in Folge gewonnen hat!«

Lacroix sah sie erwartungsvoll an. So leicht ließ er sich nicht locken.

»Und dass er wenige Stunden nach seinem Sieg ermordet wurde, ist die noch viel größere Sensation.«

»Sie wissen schon, dass es Mord war?«, unterbrach er sie.

»Mord oder Totschlag, Sie haben ja recht. Zumindest war jemand richtig wütend auf ihn. Er ist wohl seit dem ersten Sieg ein ziemlicher Aufschneider geworden, habe ich gehört.«

»Was haben Sie gehört?«

Vielleicht könnte sie ihm doch nützlich sein, diese Journalistin. Er ärgerte sich, dass er sein Bier an der Theke stehen gelassen hatte. Romy Schneider war nach dem Tod von Luc Havrincourt als Polizeireporterin angeheuert worden. Sie kam aus Nancy, erinnerte er sich, und hatte sich im Fall des vermeintlichen Serienmörders vom Pont Neuf als allzu forsch erwiesen. Lacroix' Gefühl sagte ihm, nicht mit der jungen Frau mit dem dunkelblonden Kurzhaarschnitt zusammenzuarbeiten, vielmehr sehr vorsichtig zu sein, doch irgendwie faszinierte sie ihn auch.

»Er soll sich sehr verändert haben nach dem ersten Sieg. Früher hat er die Öffentlichkeit gemieden, war nur in der Backstube anzutreffen. Doch nach dem Preis soll er in der Runde der Bäcker plötzlich die größten Töne gespuckt haben. Und auf einmal ging er auch auf Partys, prahlte, dass der Präsident der Republik seinen Namen kannte.«

»Woher haben Sie das?«

»Hat mir der Bäcker die Straße runter erzählt. Das ist das Gefährliche, denke ich, wenn allzu unbeleckte Personen plötzlich der große Ruhm ereilt.«

»Steht das morgen in Ihrem Artikel?«

»Natürlich will keiner von denen zitiert werden, diese verlogene Bande.«

»Ich bitte Sie, Mademoiselle. Seit wann denn so moralisch? Davon lassen Sie sich doch nicht abhalten, oder?«

»Sie haben ein echt schlechtes Bild von mir.«

»Ich habe bei Gott gar kein Bild von Ihnen.«

»Nun sagen Sie schon: Wen verdächtigen Sie? Es ist doch unglaublich, dass Lefèvre den Preis ein zweites Mal abgeräumt hat. Ging da alles mit rechten Dingen zu?«

Lacroix lehnte sich zurück. »Was meinen Sie denn?«

»Hat Maurice Lefèvre die Wahl manipuliert? Das wäre doch ein Motiv!«

Die Worte von Madame Rabaly spukten ihm durch den Kopf. Er witterte seine Chance. »Wenn Sie mir das beweisen können, dann sage ich Ihnen vor allen anderen, wer der Täter war.«

Sie streckte ihm die Hand hin. »Abgemacht, Commissaire.«

Lacroix faltete die Hände über dem Bauch zusammen und lehnte sich zurück. »Gut. Wo würden Sie anfangen?«

»Bei den Parisern, die sich um einen Platz in der Jury beworben haben.«

Er nickte. »Sicher keine schlechte Spur.«

»Aber ich kenne ihre Namen nicht, der Bäckerverband hüllt sich in Schweigen.«

»Sagen wir es mal so: Sollten Sie heute Nacht ein paar Namen zugeschickt bekommen, werden Sie nie darüber reden, woher Sie die haben. Ich weiß es nämlich auch nicht, weil ich kein Handy besitze und deshalb keine SMS versenden kann – oder wie dieses moderne Zeug heißt. Sollten Sie etwas rausbekommen, erwarte ich im Gegenzug, dass Sie mich informieren – selbstverständlich bevor Sie es drucken!« Er lehnte sich wieder vor und sah sie eindringlich an. »Falls nicht, werden Sie von meinem Kommissariat nicht mal mehr eine Pressemitteilung über die Verkehrsschulungen für Kindergartenkinder bekommen, verstanden? Und jetzt möchte ich bitte in Ruhe mein Bier trinken. *Bonne soirée,* Mademoiselle.«

Er stand auf und spürte, wie ihr Lächeln ihm durch den Raum folgte. Sie hatte mehr bekommen, als sie erwartet hatte. Dieses Mal würde sie ihm vielleicht wirklich helfen können.

8

Lacroix erwachte früh am Morgen. Wundersamerweise fühlte er sich belebt, dabei hatten Dominique und er in der kleinen Bar unten auf der Rue Cler dem roten Hauswein reichlich zugesprochen. Eine einfache Käseplatte war ihr Abendessen gewesen.

Seine Frau hatte zu seiner großen Freude nicht viele Fragen zum Tod des Bäckermeisters gestellt. Stattdessen hatte sie ein wenig über den neuesten Tratsch aus dem Rathaus des siebten Arrondissements erzählt, und sie hatten gemeinsam Pläne für den Sommer gemacht. Natürlich würden sie in ihr Ferienhaus nach Giverny in der Normandie fahren, an den Ort, in dem sie sich vor dreißig Jahren ineinander verliebt hatten – in den herrlichen Gärten Claude Monets. Früher war es ein kleines, idyllisches Museum gewesen. Heute standen sich die Touristen im Hochsommer gegenseitig auf den Füßen. Aber Lacroix kannte den Pförtner sehr gut und durfte manches Mal hinein, wenn schon alle Besucher weg waren. Es war ein ganz und gar magischer Ort. Im Juli aber würden sie auf die Île de Ré reisen, diese liebliche Insel im Atlantik mit dem Leuchtturm und den weiten Salzwiesen. Zu Beginn des Sommers war es dort noch einigermaßen ruhig. Lacroix war mit dem Abend und den Entscheidungen, die sie getroffen hatten, mehr als zufrieden.

Dominique schlief noch tief und fest, kein Wunder, es war kurz nach sechs. Eigentlich auch zu früh für ihn. Ihr dunkles Haar, von ersten grauen Strähnen durchzogen, lag auf dem Kissen, er sehnte sich danach, sie zu wecken und mit ihr zu sprechen, aber natürlich widerstand er der Versuchung. Er wusch sich und zog sich an, dann schrieb er seiner Frau eine Notiz und verließ leise das Haus.

Lacroix entschied sich, zu Fuß zu gehen. Docteur Obert war ein Frühaufsteher, aber um diese Uhrzeit war selbst er nicht im Institut. Der Commissaire fuhr nie Metro, stets ging er zu Fuß oder nahm den Bus. Er hatte vor langer Zeit entschieden, dass seine Stadt zu schön war, als dass man seine Zeit in ihren Katakomben verbringen sollte. So war er zu einem Wanderer durch Paris geworden, und heute Morgen wurde er wieder einmal dafür belohnt. Die Stadt lag noch in tiefem Schlaf, nur ein einsames Kehrfahrzeug der Propreté de Paris verspritzte Wasser in der Rue Cler und fegte den Rinnstein.

Lacroix ging in Richtung Seine, über der noch der Morgennebel hing. Die feuchte Luft tauchte die Silhouette auf der anderen Flussseite in ein mystisches Licht. Er ging am Quai entlang, dankte der Bürgermeisterin der Stadt noch einmal dafür, dass sie den Autoverkehr entlang des südlichen Seine-Ufers verboten hatte. Die Initiative des Hôtel de Ville war natürlich auch vom Bezirksrathaus unterstützt worden, dem wiederum Dominique Lacroix vorstand. Was für eine schöne Fügung.

Nicht mehr lange, dann würde er den Mantel wechseln können, hin zu einem leichteren Sommermodell. Noch war es frisch, aber der Geruch der Blüten in der Luft ließ ihn spüren, dass es bald wärmer werden würde – der Frühling war dabei, nach der Stadt zu greifen.

Der Spaziergang entlang der Seine war episch: hier das Palais Bourbon mit dem Sitz der Nationalversammlung, drüben, durch den Nebel fast unscharf, die Place de la Concorde mit dem Obelisken. Das Musée d'Orsay, so nahe am Quai. Gern hätte er den Weg über die Brücke und dann durch den Jardin des Tuileries genommen, doch der öffnete erst um sieben. Die Zeiten, in denen jeder Polizist einen Generalschlüssel für die Parks der Stadt hatte, waren leider vorbei. Der Louvre lag gegenüber wie ein lang gezogenes altes Schiff. Erst am Pont Neuf überquerte er den Fluss. Drüben sah er auf die Uhr. Kurz vor sieben.

Er nahm einen überfüllten Bus, die Stadt hatte den Modus gewechselt, nun plötzlich, von einer Minute auf die andere ganz arbeitsam, drängend, mit festem Ziel. Am Pont d'Austerlitz stieg er aus und ging in das Café Ferryville auf dem Boulevard Diderot.

»Zwei *café,* bitte.«

Der Wirt sah sich um, offenbar auf der Suche nach Lacroix' Begleitung.

»Ich würde sie gern mitnehmen ins Institut médicolégal.«

Der Mann nickte und griff zu zwei Pappbechern.

»Non, Monsieur, ich bitte Sie, kann ich zwei richtige

Tassen bekommen? Ich bringe Sie Ihnen gleich wieder zurück.«

»Nein, das geht ...«, begann der Wirt im mürrischen Tonfall, der den Pariser Gastronomen so auf den Leib geschnitten war, doch dann änderte sich seine Miene. »Commissaire, Sie sind's, ich habe Sie nicht gleich erkannt. Natürlich, einen Moment.«

Er nahm zwei Tassen von der großen Maschine, ließ den heißen *café* hineinlaufen und legte noch zwei Croissants obenauf.

»Ein Geschenk des Hauses. Grüßen Sie Docteur Obert von mir. Wir kennen uns gut.«

Lacroix dankte herzlich und legte einige Münzen auf den Tresen. Er verließ das Café, wechselte die Straßenseite und ging durch den kleinen Park auf das alte Portal des historischen Gemäuers zu.

Im Institut der Pariser Gerichtsmedizin stieg er die Treppe hinab und hörte den Arzt schon von Weitem. Und richtig: Obert bereitete gerade seine Instrumente vor, auf dem Tisch vor ihm lag der tote Bäcker.

»Commissaire, schlaflos in Paris?«

»Ihnen scheint es nicht anders zu gehen, Docteur.«

»Bei mir ist es senile Bettflucht, aber bei Ihnen? Sie sind doch zwölf Tage jünger als ich!«

»Wenigstens habe ich Frühstück dabei. Netter Wirt in Ihrem Stammcafé.«

Er stellte die Tasse und das Croissant auf einen Tisch an der Seite, etwas entfernt von Leiche und Instrumenten.

»Das ist lustig«, sagte Docteur Obert und betrachtete den Schriftzug auf den Tassen. »Ich glaube, ich war dreimal in meinem Leben im Ferryville. Aber der Wirt hielt mich von Anfang an für einen guten Bekannten. Herrlich, diese Prominenz, wenn man sich mit menschlichen Abgründen beschäftigt.«

Lacroix liebte diese Frotzeleien mit dem Docteur. Sie kannten sich seit Jahrzehnten und verhielten sich mitunter wie ein altes Ehepaar. Er bewunderte den Mediziner für seine Klarheit und seine Auffassungsgabe – auch wenn er manche seiner Aussagen grenzwertig fand. Aber vielleicht war es in diesem Keller und mit all den übel zugerichteten Klienten unmöglich, nicht kurz vor der Rente zynisch zu werden.

Lacroix trank einen Schluck, genoss den Duft des *café,* der so stark mit den Gerüchen im Raum kontrastierte.

»Kommen wir zur Sache.« Docteur Obert rieb sich die Hände. »Ich bin gestern Abend fertig geworden. Nur noch letzte Messungen, dann schreibe ich den Bericht. Todeszeitpunkt war zwischen Mitternacht und zwei Uhr. Die Todesursache war ein schweres Schädel-Hirn-Trauma, verbunden mit einer deutlichen Gehirnquetschung. Er war sofort bewusstlos, hat aber sicher noch ein paar Minuten gelebt, vielleicht auch eine Stunde, das ist schwer zu sagen. Der Grund war ein massiver Schlag – und zwar zweifellos mit dem Brotschieber. Der Täter hat nicht die breite Seite genommen, sondern die spitze Kante, und er muss mit ungeheurer Wucht zugeschlagen haben. Ich habe Holzsplitter in der Wunde gefunden. Der Schieber muss auf den Schädel getroffen sein wie auf einen Golfball – nur ist der Golfball eben nicht ganz so nachgiebig. Der Kopf war richtig eingedellt.«

»Ein einziger Schlag?«

Docteur Obert nickte. »Ja. Auch wenn es schwer zu glauben ist. Aber wenn man richtig trifft, ist beim Schädel nichts zu machen. Eigentlich ist er recht stabil, aber hier: keine Chance. Sicherer Exitus.«

Lacroix nahm noch einen Schluck *café*.

»Lefèvre war ansonsten kerngesund. Der hätte den Wettbewerb noch zehnmal gewinnen können. Sein Herz war das eines jungen Mannes. Er hatte kaum etwas im Magen, vielleicht hat er beim feierlichen *dîner* nur eine Vorspeise gegessen. Oder die Portionen in diesen Edelschuppen sind so klein, dass sie kaum mehr nachweisbar sind.« Er lachte laut. »Ansonsten war da nur sehr viel halb verdautes Brot. Und ich habe den Alkoholgehalt im Blut gemessen, er wird bei seinem Tod ungefähr 1,2 Promille gehabt haben.«

»Das schafft man nicht mit einem winzigen Glas Cognac.«

»Sicher nicht. Aber mit vier winzigen Gläsern. Ansonsten kann er aber nicht viel getrunken haben, das hätte ich an den Gefäßen gesehen. Auch sonst keine Drogen, nur ab und zu geraucht. Wirklich ein Mann in einem guten Zustand. Genau wie wir.«

»Ich wäre ganz glücklich, wenn wir nicht so enden würden.«

»Dito, Commissaire. Den Bericht schick ich ins Kommissariat. Viel mehr drinstehen wird aber nicht.«

»*Merci,* Docteur.« Lacroix wandte sich zum Gehen, hielt dann aber inne. »Dürfte ich Sie noch um einen Gefallen bitten? Könnten Sie die Kollegen kurz für mich anrufen? Paganelli möchte mich in einer halben Stunde unten vorm Kommissariat treffen. Wir gehen dann in die Boulangerie.«

Lacroix nahm die leeren Tassen und hörte Docteur Obert seufzen: »Herrje, kaufen Sie sich doch endlich ein Handy, Lacroix.«

Er lächelte und stieg rasch die Treppe hinauf, wo ihn das fahle Licht des Morgens empfing.

9

Der Korse wartete vor Eric Hoches Kiosk, der genau auf der Ecke Rue Monge und Rue de la Montagne Sainte-Geneviève lag, keine hundert Meter vom Eingang des Kommissariats entfernt. Lacroix ging jeden Morgen an dem grünen, etwas chaotischen Kiosk vorbei, um seine Zeitungen zu kaufen. Paganelli bemerkte ihn nicht gleich, er war mit dem Zeitungshändler ins Gespräch vertieft. Sicher versuchte Hoche Einzelheiten über den toten Bäcker zu erfahren, aber Lacroix wusste, dass Commandant Paganelli noch verschwiegener war als er selbst.

»*Bonjour,* Commissaire«, sagte der Zeitungshändler und deutete eine Verbeugung an. »Wie geht es Ihnen heute Morgen?«

»Die arbeitsamen Tage sind mir die liebsten.«

»Ich war oft in der Boulangerie Lefèvre. Einer der letzten großen Bäckermeister ist da von uns gegangen, wissen Sie? Seine *pain aux raisins* – einfach unerreicht waren die.«

Monsieur Hoche war so dünn, dass Lacroix annahm, der Zeitungsmann äße höchstens eine Rosinenschnecke pro Jahr.

»Wissen Sie denn schon was, Commissaire? Ihr junger Kollege hier«, er deutete auf Paganelli, »hält sich sehr bedeckt.«

»Ich verspreche Ihnen, Monsieur Hoche, Sie müssen es nicht aus der Zeitung erfahren. Darf ich fragen: Hat sich die Qualität der von Ihnen so geschätzten *pain aux raisins* innerhalb des letzten Jahres verändert?«

Lacroix hätte nicht sagen können, ob Eric Hoche oder Paganelli ihn verdutzter ansah.

»Wie meinen Sie das, Commissaire?«

»Nun, hat sich der Geschmack verändert? Die Anzahl der Rosinen? Die Qualität der Creme? Die Konsistenz?«

Der Zeitungsmann zuckte mit den Schultern. »Also … das weiß ich jetzt nicht, kann ich Ihnen nicht sagen. So oft war ich jetzt auch nicht …«

»*Merci*, Monsieur Hoche, wir sehen uns später wieder, ja?« Lacroix wandte sich um und ging in Richtung Boulevard Saint-Germain. Er hörte Monsieur Hoche immer noch leise vor sich hin murmeln, während der Korse zu ihm aufschloss und fragte:

»Was war denn das nun wieder?«

Lacroix antwortete nicht, klaubte seine Pfeife aus der Tasche, und den Rest des kurzen Fußweges herrschte Schweigen.

In der Rue de Seine wies nichts mehr auf den Polizeieinsatz des Vortages hin. In der engen Straße blockierte wie so oft ein Lieferwagen den Verkehr, ein wildes Hupkonzert erklang. Die Läden hatten ihre Markisen ausgefahren, die Terrassen der Cafés am Anfang der Straße waren schon gut besucht. Doch eines fiel dem Commissaire auf: Einige Anwohner unterhielten sich vor ihren Häusern, zwei Concierges standen mit ihren Besen auf dem Gehweg, die Blicke auf die Boulangerie gerichtet, als drohe von dort Unheil. Und noch etwas war anders: Die Schlange vor der blauen Ladentür, an die er sich im vergangenen Jahr gewöhnt hatte, fehlte.

Lacroix gab sich einen Ruck und betrat, den Korsen im Schlepptau, das Ladenlokal, in dem kein einziger Kunde war. Die junge Verkäuferin von Dienstagabend stand hinter der Theke und schien nicht recht zu wissen, wohin mit sich. Als sie Lacroix erkannte, änderte sich augenblicklich ihre Haltung, sie straffte die Schultern, trippelte nervös umher, ihre Augen wanderten unruhig durch den Laden.

»Commissaire Lacroix, einen guten Tag«, sagte sie, korrigierte sich aber augenblicklich. »Ach, was rede ich. Es ist alles andere als ein guter Tag, was für eine Tragödie! Ich weiß gar nicht, was ich sagen soll. Sie sehen es ja, ich habe bisher zwanzig Baguettes verkauft, dabei haben wir seit drei Stunden geöffnet. Die Leute meiden den Laden wie der Teufel das Weihwasser, aber davorstehen und sich das Maul zerreißen, das können sie.«

Lacroix nickte während ihres Monologs, ging jedoch nicht darauf ein.

»Das hier ist mein Kollege, Commandant Adolphu Paganelli. Können Sie mir sagen, ob Madame Lefèvre gerade hier ist?«

»Nein, Commissaire, sie macht ihre Runde und beliefert die Restaurants der Gegend. Als Erstes ist sie heute Morgen ins Élysée gefahren, jetzt, da Monsieur Lefèvre nicht mehr ...« Sie wandte sich ab und schnäuzte sich die Nase.

»Hat Monsieur Lefèvre immer den Palast beliefert? Ich dachte, für die Auslieferung sei seine Frau zuständig.«

Sie schüttelte den Kopf. »Ist sie auch. Aber vor einem halben Jahr hat Monsieur die Tour zum Palast übernommen. Er hat ja immer schon nachts in der Backstube gestanden, und als letzte Amtshandlung am Morgen ist er dann ins Élysée gefahren. Danach hat er den Lieferwagen hier abgestellt und ist ins Bett gegangen. Madame hat anschließend die Restaurants und Cafés beliefert.«

Die Tür öffnete sich, und eine alte Dame mit nervösen Zuckungen betrat den Laden. Sie sah die Polizisten nur kurz an, dann wandte sie sich an die Frau hinter dem Tresen.

»*Bonjour,* Sabine, ich nehme heute ein kleines *pain au levain* bitte.«

»Natürlich, Madame Delacourt.«

Sie verpackte das Sauerteigbrot in einer Tüte und reichte es über den Tresen.

»2,20 Euro, bitte.«

»Das stimmt so. Ich hoffe, es geht Ihnen gut. Ach, die dunklen Geister, die werden noch eine Weile nicht verschwinden«, sagte sie, packte die Tüte in den Einkaufstrolley, den sie hinter sich herzog, und verschwand so schnell, wie sie gekommen war.

»Wie lange arbeiten Sie schon hier, Madame?«

»Seit zehn Jahren, Commissaire. Aber nun ... ich

weiß nicht, ob ich hierbleiben soll, es ist so schrecklich, der arme Monsieur Lefèvre.«

»War er ein guter Chef?«, fragte Paganelli.

Die Verkäuferin wandte den Kopf zur Backstube, dann zur Tür. Als sie niemanden sah, sagte sie leise: »Er war vor allem ein abwesender Chef. Wir haben ja mit den Bäckern nicht viel zu tun, sie verschwinden immer um neun, abends kommt dann immer noch mal ein Lehrling zum Saubermachen. Er hat uns freie Hand gelassen, uns vertraut, das mochte ich. Wenn er da war, war er immer sehr freundlich. Und er hat auch an Weihnachten immer einen kleinen Bonus gezahlt, sehr zum Leidwesen seiner Frau.«

»Wieso?«, fragte Lacroix.

»Ach, Madame ist ein wenig geizig. Sie ist ja die Chefin über den Verkauf und hält uns gern an der kurzen Leine.«

»Wie war das Verhältnis zwischen den Eheleuten Lefèvre?«, fragte Paganelli.

Kurz sah ihn die Frau ratlos an, vielleicht wusste sie nicht, was sie antworten sollte – oder sie wollte keine Interna preisgeben. Doch sie verwarf diese Bedenken und lehnte sich noch weiter über den Tresen.

»Ach, wissen Sie, Commissaire, ich bin ja auch verheiratet, Sie doch auch, habe ich in der Zeitung gelesen, sogar mit einer Bürgermeisterin. Sie wissen doch, wie eine Ehe so ist, gerade wenn man schon lange verheiratet ist. Ein ständiges Auf und Ab. Wenn man dann auch noch zusammenarbeitet, ist es noch schwieriger.«

»Können Sie sich vorstellen, wer Ihrem Chef etwas Böses wollte?«

Die Verkäuferin betrachtete die kleinen Törtchen in der Auslage, bevor sie antwortete, und Lacroix folgte ihrem Blick. Einige waren mit den ersten Erdbeeren der Saison belegt, auch die Glasur auf der *tarte au citron* sah unglaublich gut aus.

»Beim besten Willen, ich kann es Ihnen nicht sagen, Commissaire.« Die Verkäuferin schüttelte den Kopf. »Aber es ist schon so, dass durch die Auszeichnung mehr Kunden zu uns gekommen sind. Viel mehr als früher. Das hat richtig Umsatz gebracht.« Je länger sie redete, desto mehr kam die Frau ins Plaudern. »Die Straße runter in der Rue Jacob war eine kleine Bäckerei, die vor neun Monaten schließen musste. Boulangerie Drux. Ich glaube, der Besitzer ist sogar weggezogen. Vielleicht hat der einen Groll gehegt? Klar, die anderen Bäcker sind neidisch gewesen auf Monsieur Lefèvre.«

Von der Boulangerie Drux hörte Lacroix zum ersten Mal. Auch Paganelli war plötzlich hellwach.

»Gut, ich danke Ihnen, Madame.« Lacroix sah auf die Uhr über der Tür zur Backstube. »Sie sagten eben, die Bäcker seien immer bis neun Uhr da. Es ist schon kurz vor zehn. Wie kann ich Ihre Kollegen erreichen?«

»Sie haben Glück, Commissaire«, sagte die Verkäuferin lächelnd. »Hier gibt es gerade so viel zu organisieren. Monsieur Lefèvres Stellvertreter Carl ist noch in der Backstube. Gehen Sie doch einfach nach hinten durch. Ich bleibe hier, vielleicht kommt ja doch noch ein Kunde …«

»*Merci*«, sagte Lacroix, und Paganelli nickte ihr freundlich zu.

Sie gingen am Tresen vorbei, Lacroix warf einen letzten sehnsüchtigen Blick auf die belegten Sandwiches. Besonders die mit rohem Schinken und getrockneten Tomaten hatten es ihm angetan. So ein simples Croissant – das war ja nichts Halbes und nichts Ganzes.

Sie traten in die Backstube, doch die war leer. Die Tür zum Hof stand offen, von draußen zogen kleine Rauchwolken herein. Als sie um die Ecke bogen, standen da ein junger pickeliger Mann und ein großer Schwarzer mit einer blank polierten Glatze. Alles an dem Mann war riesig, breit wie ein Schrank, Hände wie Schaufeln.

»Monsieur, wir sind von der Police nationale aus dem Kommissariat im Fünften. Wir ermitteln im Mordfall Maurice Lefèvre. Mein Name ist Commissaire Lacroix, das ist Commandant Paganelli.«

»Carl Fofana. Ich habe Sie schon erwartet«, sagte der Mann mit dem Dialekt der Senegalesen. Seine Stimme war unerwartet hoch, seine sanften Augen blickten den Commissaire unverwandt an.

»Geh rein, Pierre«, sagte er. »Du kannst die Arbeitsflächen abwischen und dann die Backstube fegen. Danach mach Feierabend. Und morgen früh bist du pünktlich, verstanden?«

Als der junge Mann im Laden verschwand, schüttelte Fofana den Kopf: »Diese jungen Leute, keine Disziplin. Aber ich war auch mal so. Da hat mir Maurice aber den Marsch geblasen.«

Der Mann nahm eine Zigarette aus der Schachtel, Dunhill rauchte er, und zündete sich die neue an der Glut der alten an.

»Es muss ein Schock gewesen sein, diese Nachricht. Wie geht es Ihnen?«, fragte Lacroix.

»Ich habe bis heute Nacht nicht gewusst, ob ich es schaffe, zurück in die Backstube zu gehen. Aber als ich dann hier war, habe ich gespürt: Maurice hätte es so gewollt. Und dann bin ich rein und habe ihm jedes Baguette gewidmet. Es ist … ach, Herrgott …«

Er wischte sich über die Augen. Dieser Riese von einem Mann.

»Ich habe mit verschiedenen Leuten über Monsieur Lefèvre gesprochen«, fing Lacroix an. »Aber ein richtiges Bild von ihm konnte ich mir nicht machen. Wie war er denn nun, Ihr Chef?«

»Ich glaube, ich weiß, was Sie meinen. Es ist sicher ganz unterschiedlich, je nachdem, wann die Menschen Maurice kennengelernt haben.«

»Was meinen Sie?«

»Ich bin seit fast 25 Jahren in dieser Bäckerei. Ich war 16, als ich angefangen habe, für Maurice zu arbeiten. Damals hatte er den Laden gerade von seinem Vater übernommen. Er war der härteste und zugleich der beste Lehrmeister, den ich mir vorstellen kann – bis heute. Er hat das gelebt, diese Backkunst, all das, wofür Frankreich steht.«

»Und wie kamen dann die unterschiedlichen Maurices zustande, von denen Sie sprachen?«

»Nachdem er den Wettbewerb gewonnen hat, war er ein komplett anderer Mensch.« Fofana zog an seiner Zigarette, dann warf er sie zu Boden und sah Lacroix nachdenklich an. »Ich habe abends mal zu meiner Frau gesagt: Früher hat Maurice nie geredet, und ich wusste trotzdem immer, was er wollte. Er hat mit seinen Augen erzählt, mit seinem Wesen. Nach dem ersten Sieg hat er auf einmal gequasselt wie ein Wasserfall, aber ich habe kein Wort mehr verstanden. Es hat nichts bedeutet, verstehen Sie?«

»Ich glaube schon«, sagte Lacroix. »Wie hat der Sieg ihn verändert?«

Das Gesicht des Schwarzen wurde hart, als er in seiner Erinnerung wühlte.

»Vorher lebte er für die Rezepte. Für die Qualität, er war besessen davon. Nächtelang hat er darüber gegrübelt, er hat uns getriezt, immer mehr, immer besser. Als er gewonnen hatte, sprach er beinahe nur noch davon. Wie toll das sei, endlich gesehen zu werden. Von den Menschen, sogar vom Präsidenten. Er war auf Empfängen im Élysée. Stellen Sie sich das mal vor! Er wollte niemanden dabeihaben, aber mich hat er mal gefragt.«

»Und? Wie war es?«

»Ich habe natürlich abgelehnt, schauen Sie mich doch mal an. Was soll ich denn da? Den Bodyguard des Präsidenten mimen?«

»Haben Sie darüber gesprochen, was passiert, wenn das Jahr vorbei ist?«

»Ich kam gar nicht mehr an ihn ran. Und darüber hätte er auch nicht reden wollen. Nur mit meiner Frau habe ich darüber gesprochen. Stell dir mal vor, habe ich gesagt, wie sich Maurice fürchten muss vor dem Bedeutungsverlust. Davor, wieder nur der einfache Bäcker an der Ecke zu sein.«

Wieder steckte er sich eine Zigarette an. Die Frühlingssonne stieg gerade über das Dach des Nachbarhauses und tauchte den Innenhof in ein diffuses Licht.

»Haben Sie es für möglich gehalten, dass er den Titel verteidigt?«

»Vor zwei Wochen habe ich all meinen Mut zusammengenommen. Wissen Sie, ich habe bis zum Schluss wahnsinnigen Respekt vor ihm gehabt. Weil er mir alles beigebracht hat, dem Wüstenjungen, mich sogar zu seinem Stellvertreter ernannt hat. Das hätte ich nie für möglich gehalten. Ich habe ihn also gefragt: Wollen wir irgendwas Besonderes machen, wenn der Titel weg ist? Eine Qualitätsoffensive? Eine Aktion? Ich wollte vorsorgen. Doch er hat nur böse gelacht, ich hatte das noch nie von ihm gesehen, und dann hat er gesagt: ›Wart nur ab.‹ Ich höre das noch, seine tiefe, leise Stimme. Er hat mich dann einfach stehen lassen. Ich hatte Gänsehaut. Es war wirklich merkwürdig.«

Einen Moment herrschte Stille.

»Ich muss gleich wieder rein, die Bestellungen für morgen durchgehen.«

»Kein Problem. Gestatten Sie nur eine letzte Frage:

Es gibt Kunden, die der Meinung sind, dass die Qualität Ihrer Waren nach dem ersten Sieg nachgelassen hat.«

Der Mann zuckte mit den Schultern. »Was soll ich dazu sagen? Ich habe alles so gemacht wie vorher. Aber Maurice, er war irgendwie weniger hier. Nicht zeitlich, nur so mit dem Kopf. Kann schon sein, dass es in seinen Schichten nicht so wahnsinnig tolle Baguettes gab. Was schade ist. Unser guter Ruf ist das Wichtigste, was wir haben. Ich habe ihn aber nie darauf angesprochen, wie gesagt: der Respekt. Wäre ich doch nur früher eingeschritten, vielleicht …«

»Machen Sie sich keine Vorwürfe. Ich danke Ihnen sehr. Monsieur Lefèvre war sicher sehr stolz auf Sie. *Merci* und einen schönen Feierabend.«

Sie gingen durch die blitzblanke Backstube, verabschiedeten sich von der Verkäuferin im leeren Laden und traten in den mittlerweile strahlenden Tag.

»Ein krasser Typ«, sagte Paganelli.

»Wirklich sehr bemerkenswert«, stimmte Lacroix zu.

»Was machen wir?«

»Sie gehen ins Kommissariat. Ich muss kurz nachdenken. Ich glaube, die Dinge kommen in Bewegung. Ich melde mich später. Vorher muss ich noch eine Sache erledigen und dann etwas essen. Bis später, Paganelli.«

»Bis später, Maigret.«

Lacroix schüttelte den Kopf, sagte aber nichts. Paganelli wurde nicht müde, wiederholte unablässig denselben Witz. Lacroix hatte gehofft, der Korse würde das Interesse verlieren, wenn er nicht weiter darauf einging, hatte sich anscheinend aber geirrt.

10

Ladenlokale in dieser Lage standen nicht lange leer, das wusste Lacroix. Die alte Boulangerie war einem Modeladen gewichen, einer modernen Boutique mit weißen Turnschuhen und bunten Hosen im Schaufenster. Er hatte es nicht anders erwartet, trotzdem war es bitter. Nichts wies mehr auf die Bäckerei Drux hin, die hier sicher jahrzehntelang beheimatet gewesen war. Er blickte einen Moment die ausgestellten Kleidungsstücke an, dann wandte er sich nach Osten und ging zügig weiter. Es gab dringende Dinge zu erledigen.

Die Kirchenglocke von Saint-Germain schlug zwölf Uhr. In diesem Moment begann die Mittagsmesse in Sainte-Clotilde, Pierre-Richard würde nicht im Chai sein.

Lacroix bog in die Rue de Buci ein und betrat wenig später sein Bistro. Im Gastraum saßen zwei Postboten bei einer *plat du jour*, am Tisch daneben mehrere Anzugträger. Sie sahen aus wie Versicherungsvertreter und kamen sicher aus einem der nahe gelegenen Büros.

Lacroix sah diesmal genauer hin, aber Romy Schneider war heute nicht da. Schade, es hätte ihm einen Anruf erspart.

»*Mon commissaire, ça va?*«, fragte Yvonne, während sie den Tresen abwischte.

»Ja, aber ich habe leider keine Zeit zu plaudern. Würdest du mir einen Chinon machen? Und ich nehme eine *tartine au jambon et chèvre*. Vor allem aber würde ich dich um dein Telefon bitten.«

»Gut, dass du es erwähnst, mein Lieber. Das muss aufhören, du brauchst ein Handy! Dreimal hat Monsieur Mercier aus dem Quai des Orfèvres heute schon angerufen und nach dir verlangt. Jedes Mal wurde er ungehaltener. Lacroix, ich habe hier Gäste, normale Gäste, die ihren *café* wollen – und nicht der Wirtin beim Telefonieren zusehen.«

Idefix bellte, als wollte er ihr zustimmen.

»Ich überlege es mir«, sagte Lacroix lächelnd und tätschelte dem kleinen Terrier den Kopf, wohl wissend, dass Yvonne ihm kein Wort glaubte und sich nichts ändern würde. »Bitte, kann ich telefonieren?«

Sie stellte das Telefon mit einem lauten Knall vor ihm auf den Tresen.

»Aber keine Auslandsgespräche, wenn ich bitten darf.«

Dann goss sie den Rotwein ins Glas, einen Cabernet-Franc aus dem Vienne, einem Département südwestlich von Tours an der Loire. Lacroix liebte diese weichen und fruchtigen Weine, wenn sie ein wenig gekühlt waren. Er nahm einen Schluck und seufzte kurz auf vor Freude. Dann griff er zum Hörer. Arnaud würde noch warten müssen. Er wählte die zweite Nummer, die er auswendig kannte. Rio hob sofort ab.

»Commissaire?«

»Woher wissen Sie ...«

»Die Rufnummernübermittlung, wie oft soll ich es Ihnen noch sagen. Hier steht auf dem Display ›Chai de l'Abbaye‹. Da muss ich nicht lange raten.«

Sie hatte es ihm wirklich schon oft erklärt, er konnte es sich dennoch immer noch nicht vorstellen.

»Hören Sie, haben Sie gestern Abend die Liste mit den Namen der Jurymitglieder an die Nummer geschickt, die ich Ihnen gegeben habe?«

Rio seufzte. »Ich weiß nicht, warum, aber ich habe es getan. Ich bin nicht blöd, Commissaire, ich weiß, dass es die Nummer von dieser Schneider war. Ich hoffe einfach, Sie haben einen Plan.«

»Den habe ich. Hören Sie, ich brauche zusätzlich dringend die Abstimmungsergebnisse der Wahl. Alle. Wenn ich es richtig verstanden habe, bekommt jedes Jurymitglied in jeder Runde einen Bewertungsbogen, in den es die Punkte einträgt. Ich brauche die Originale. Rufen Sie nicht im Rathaus an, sondern fahren Sie hin und nehmen Sie die Unterlagen gleich mit. Ich will nicht, dass da was verloren geht. Und dann finden Sie alles über Madame Rabaly und Monsieur Lemaire heraus. Da stimmt irgendetwas nicht. Ich komme später und sehe mir die Unterlagen an.«

»Verstanden. Wird gemacht.«

»Sagen Sie, können Sie mir die Nummer von der Redaktion des *Parisien* geben?« Er sah vor sich, wie sie in ihr Handy tippte, um ihm die Nummer zu diktieren, die er auf einem Bierdeckel notierte.

»Und Capitaine? Richten Sie Paganelli aus, er soll

die Angestellten von Monsieur Lefèvre überprüfen. Vorstrafen, finanzielle Situation, alles könnte wichtig sein.«

»Mache ich.«

»Ach und noch was: Suchen Sie einen Monsieur Drux. Er hatte auch eine Bäckerei im Quartier Saint-Germain, die allerdings vor wenigen Monaten schließen musste. Ich will wissen, wo er lebt und was er macht.«

»Auch das mache ich.«

»*Merci*, wir sehen uns nachher im Kommissariat.«

Er legte auf und wählte gleich erneut.

»*Le Parisien*. Sekretariat Chefredaktion.«

»Lacroix hier. Ich suche Romy Schneider.«

»Moment bitte, Commissaire.«

»Romy?«

»Lacroix.«

»Oh, Sie haben ein Telefon!«

Lacroix überging den Kommentar. Die junge Frau war ihm zu frech. »Mademoiselle, ich habe eine Bitte.«

»Ich bin ganz Ohr.«

»In der Jury saßen auch Journalisten. Auch ein Kollege aus Ihrem Haus, wie Sie sicher wissen.«

»Richtig, Guy Fauquet, unser Restaurantkritiker.«

»Ein guter Mann«, sagte Lacroix und meinte es so. Oft folgten Dominique und er seinen Empfehlungen. »Ich würde ihn gern treffen.«

»Das kann ich arrangieren.«

»17:30 Uhr im Chai.«

»Richte ich aus, Commissaire.«

»Sind Sie schon weitergekommen? Mit den Namen der Jurymitglieder?«

»Ein wenig. Aber Sie sind zu sehr Profi, als dass ich Sie mit Zwischenständen langweilen möchte. Ich melde mich.«

Schon hatte sie aufgelegt.

Yvonne trug eben das dunkel getoastete Brot aus der Küche und stellte es vor ihn. Der Schinken war an den Rändern kross, der Ziegenkäse verlief zart schmelzend, das Brot war mit Piment d'Espelette bestreut, der scharfen Paprika aus dem Baskenland, die Lacroix so liebte. Das Mittagessen tröstete ihn über den Vormittag hinweg, der ihm viele neue Puzzleteile geliefert hatte, die Lacroix noch nicht zu einem Bild zusammenfügen konnte.

11

Auf dem Rückweg ins Kommissariat entschied Lacroix, im Quai des Orfèvres vorbeizugehen, bevor Arnaud Mercier ihn per Haftbefehl suchen ließ. Der Commissaire général war nur ein Jahr älter als Lacroix, hatte die Karriereleiter aber noch eine Stufe weiter hochklettern wollen. Nun war er der ranghöchste Polizist der Stadt und berichtete direkt an den Präfekten. Lacroix beneidete ihn kein bisschen – außer vielleicht um sein Büro. Mercier residierte im altehrwürdigen Quai des Orfèvres, dem Sitz der Pariser Kriminalpolizei. Von hier aus hatte auch Maigret in zahlreichen Romanen ermittelt. Das Gebäude lag auf der Île de la Cité, zwischen Justizpalast und Notre-Dame. Lacroix passierte den salutierenden Beamten am Torbogen, ging durch die Pforte und stieg die drei Etagen empor ins Heiligste der Pariser Kriminalpolizei.

Arnaud Merciers Büro lag am Ende des Flurs und hatte einen unverbauten Blick auf den Fluss. Lacroix klopfte an und trat sogleich ein.

»Da sind Sie ja endlich«, rief Mercier, der hinter seinem Schreibtisch saß und in einer Zeitschrift über Oldtimer blätterte. Der oberste Kriminalpolizist hatte eine Schwäche für alte Autos – und für junge Frauen. »Ich versuche seit zwei Tagen, Sie zu erreichen. Was ist da los? Bei dem toten Bäcker, meine ich.«

»Wir haben bislang keinen Verdächtigen ermitteln können. Docteur Obert meint, dass es eine Tat aus Raserei war, darauf lassen die Verletzungen schließen. Raubmord oder dergleichen können wir ausschließen.«

»Sie wissen schon, Commissaire, dass dieser Mann eine der verdienten Größen der Republik war. Das macht ordentlich Wirbel. Stellen Sie sich vor, selbst der Koch des Präsidenten hat aus dem Élysée anrufen lassen. Man ist in großer Sorge. Herrje, Lacroix, finden Sie den Täter.«

»Und dafür haben Sie dreimal im Chai angerufen?«

»Ich wollte einfach mal wieder Ihre Stimme hören, *mon cher Commissaire*.«

»Eine große Ehre«, sagte Lacroix.

»Ich werde eine Pressekonferenz geben, heute um 15 Uhr. Ich versuche, die Schreiberlinge von Ihnen fernzuhalten, aber lange wird mir das nicht gelingen. Die Geschichte ist ja auch wirklich zu gut.«

»Bis später, Arnaud«, sagte Lacroix.

Der Commissaire général versuchte nicht, die Presse von Lacroix fernzuhalten. Er liebte sie einfach selbst zu sehr.

Als Lacroix im Kommissariat ankam, sprang Rio sofort von ihrem Stuhl auf.

»Sie haben sich quergestellt«, sagte sie, »aber ich habe Druck gemacht, habe sogar mit dem Richter gedroht. Mit Erfolg: Wir kriegen die Abstimmungsergebnisse im Laufe des Nachmittags.«

»Vielen Dank, Capitaine, das wird uns helfen. Madame Rabaly ist nach unserem Gespräch noch mal auf mich zugekommen. Sie verdächtigt Lefèvre, die Abstimmung manipuliert zu haben. Er soll bei der Auslosung der Jurymitglieder zugegen gewesen sein.«

»Was sagen Sie?«

»Sie haben richtig gehört.«

»Das wirft ein völlig neues Licht auf die Abstimmungsergebnisse.«

»Deshalb brauchen wir sie umso dringender.«

»Ich hänge mich noch mal dahinter. Übrigens: Romy Schneider hat für Sie angerufen, Commissaire. Guy Fauquet ist auf Reisen, eine Restaurantkritik in Lyon. Morgen früh ist er aber zurück und könnte Sie um neun Uhr treffen.«

»Danke. Haben Sie das Foto von Carl Fofana aufgehängt?«

»*Bien sûr,* Commissaire.«

»Haben Sie ein Foto von Monsieur Drux gefunden?«

Sie schlug sich gegen den Kopf. »Wo habe ich nur meine Gedanken? Ich kümmere mich gleich darum.«

»Das kann warten. Wir machen jetzt erst mal einen Ausflug. Sie lieben doch Montmartre, oder?«

Rio lachte. »Wem die Touristen im Fünften nicht reichen, dem ist nur noch mit Montmartre zu helfen.«

Sie stiegen die Treppe hinunter, und die Capitaine verschwand, um das Zivilfahrzeug zu holen, über das die Einheit verfügte. Minuten später rasten sie schon über den Boulevard Saint-Germain und weiter auf dem Quai d'Orsay. Lacroix hielt sich am Haltegriff über seinem Fenster fest. Als sich der Verkehr staute, fuhr die junge Frau behände über die Busspur, zog dann von der rechten auf die ganz linke Spur, um einen Lkw zu überholen und gleich darauf das wilde Manöver zu wiederholen. Mit quietschenden Reifen bog sie auf den Pont des Invalides ab, vollführte eine lässige Kurvenfahrt auf die Rue François-Ier, und schon kam der Arc de Triomphe am Ende der Champs-Élysées in ihr Blickfeld. Erst als sie den gewaltigen Kreisverkehr mit unzähligen Spuren, hupenden Bussen, bremsenden Kleinwagen und verunsicherten Touristen verließen, um über den Boulevard de Courcelles zu fahren, wagte Lacroix wieder zu atmen.

»Die Boulangerie hat noch ein paar Stunden geöffnet«, sagte er, als er das teuflische Grinsen um Rios Mundwinkel sah.

»Lassen Sie mir doch das bisschen Spaß, Commissaire.« Gerade passierten sie den hohen und eleganten Zaun des Parc Monceau. Lacroix liebte diese grüne Oase im Westen der Stadt. Die Anlage war sehr gepflegt, der Rasen, die Bäume, es gab Marmorstatuen und einen kleinen See. Große Bürgerhäuser standen am Rand, vor fünfzehn Jahren hatten Dominique und er dort eine Wohnung angesehen. Auch das Leben am Park wäre sicher schön gewesen, aber der Commissaire liebte ihre Wohnung in der lebhaften Rue Cler.

»Wir haben lange nicht mehr in Ruhe reden können, Capitaine. Wie geht es Ihnen?«

Ein Außenstehender hätte die Veränderung wahrscheinlich nicht bemerkt, der Commissaire aber spürte, wie sich etwas zwischen sie schob, obwohl sie so nahe beieinandersaßen. Ein Schatten legte sich über Rios Gesicht.

»Es ist immer noch alles unklar«, sagte sie. »Dabei wünsche ich mir nichts sehnlicher, als dass wir wieder eine Familie sind. Aber Cynthia weiß nicht, was sie will. Und damit macht sie es mir so wahnsinnig schwer.«

»Sehen Sie sich denn regelmäßig?«

»Sie kommt zwei-, dreimal die Woche vorbei, um die Jungs zu sehen. Und dann jammert sie mir die Ohren voll, dass sie sich nicht sicher ist. Dass mit der anderen doch nicht alles so schön ist. Dass sie mich nicht verlieren will. Können Sie sich das vorstellen, Commissaire? Sie betrügt mich, und dann erwartet sie, dass ich sie tröste?«

Rio hatte vor acht Jahren ihre große Liebe Cynthia geheiratet – auf Lacroix' Empfehlung in Giverny, dem Dorf, in dem Dominique geboren und aufgewachsen ist und sie seit Jahrzehnten ihre Ferien verbrachten. Das Paar bekam nach kurzer Zeit Zwillinge, zwei Jungs, das Glück schien perfekt. Doch Cynthia fühlte sich von Familie und Kindern eingeengt und hatte in einer Bar eine andere Frau kennengelernt, vor sieben Monaten war das. Nun gab es ein ständiges Hin und Her, das Rio sichtlich fertigmachte. Lacroix erwischte sie manchmal weinend hinter ihrem Computer, und er spürte, dass seine einst so tadellose Mitarbeiterin unkonzentriert und an manchen Tagen zu nichts zu gebrauchen war. Der Commissaire hatte entschieden, sie gewähren zu lassen, ihr in Gesprächen unaufdringlich seine Hilfe anzubieten und der festen Hoffnung zu sein, dass die Dinge wieder in Ordnung kämen – so oder so. Natürlich wäre es schön, wenn die beiden wieder zusammenfinden würden, doch auch eine endgültige Trennung wäre besser als diese permanente Ungewissheit.

»Was soll ich denn machen?«, fragte Rio, und ihre Stimme klang verzweifelt.

Lacroix sah aus dem Fenster, sie fuhren eben am Lycée auf dem Boulevard de Batignolles vorbei. Gerade war Pause, die Schüler standen auf der Straße.

»Sie sollten eine klare Trennlinie ziehen«, sagte er leise. »Sie können über die Kinder sprechen – oder über Sie beide. Aber Cynthia darf nicht mit Ihnen über ihre Geliebte sprechen. Das geht nicht. Es ist ja eine Frage des Respekts.«

Rio sah mit starrem Blick nach vorn, dann nickte sie entschieden und sagte leise:

»Sie haben recht, Commissaire. Danke.«

Lacroix mochte derlei deutliche Ratschläge eigentlich nicht, er vermied es, sich in das Privatleben seiner Mitarbeiter einzumischen. Aber das Spiel, das Rios Frau mit ihr trieb, konnte er nicht mit ansehen.

»Ich finde diesen Blick wunderbar«, sagte Rio unvermittelt, als sie kurz vor der Place Clichy waren. Auf dem Berg vor ihnen war plötzlich Sacré-Cœur zu sehen, die weiße Kirche von Montmartre. Eben war die Sonne hinter einer Wolke hervorgekommen, die Lichtstrahlen schienen mit der Kuppel des sakralen Baus zu spielen.

Ein Stück noch die Avenue hinauf, dann überquerten sie den Cimetière de Montmartre, der unter der Rue Caulaincourt lag, zur Linken hin ein Friedhof ungeheuren Ausmaßes. Lacroix konnte die berühmten Persönlichkeiten, die hier ihre letzte Ruhestätte gefunden hatten, im Schlaf aufzählen: Heinrich Heine, Hector Berlioz, Edgar Degas, Alexandre Dumas, Émile Zola, seit Kurzem auch France Gall.

An der nächsten Ampel bog Rio nach links ab, die kleine Straße führte sie direkt hinein ins Herz von Montmartre. Sie parkten vor der Poissonnerie Lepic und stiegen aus. Lacroix betrachtete einen Moment versonnen die Auslage, die Tische voller silberglänzender Fische und bunter Meeresfrüchte, die auf Eis ruhten. Ein Verkäufer in blauer Schürze packte einer jungen Frau Venusmuscheln in eine Tüte, wog sie, reichte sie ihr.

Lacroix liebte diesen Geruch, das Salz, das Jod. Er nahm sich vor, Dominique zu fragen, ob sie am Abend in eines der Restaurants gehen wollen, die Meeresfrüchteplatten anboten – ihm war so sehr danach.

Die Rue des Abbesses war die Haupteinkaufsstraße des Quartiers, obwohl sie so eng und dicht bebaut war. Die Häuser waren nur dreistöckig, manche gar zweistöckig, jedes sah ein wenig anders aus. Die Treppe links führte auf die Place du Tertre, wo Anfang des 20. Jahrhunderts Pablo Picasso gelebt hatte. Der Platz galt als Zentrum der modernen Kunst, und noch heute war er von Malern und Karikaturisten belagert, die Touristen auf Leinwände bannten. Die Künstler brauchten hierfür eine Konzession, die sehr begehrt und nur schwer zu bekommen waren. Direkt daneben die alte Windmühle des Quartiers, unzählige Restaurants und Cafés, auf dem breiten *parvis* dann Sacré-Cœur.

Hier unten aber waren normale Läden, lieblich zwar, aber nicht vollgestopft mit Kitsch. Viele Bekleidungs- und Geschenkläden, Parfümerien, aber auch viele Lebensmittelläden, die sich seit Generationen in Familienbesitz befanden. Obst und Gemüse. Die alte Fleischerei und – nun standen sie schon davor – kurz vor der Place des Abbesses die Boulangerie Moeller.

Von außen wirkte der Laden sehr modern. Der Name stand auf einem großen gläsernen Schild, das an der Fassade angebracht war. Der Schriftzug sah aus, als habe ihn ein Designer oder eine sehr teure Werbeagentur erdacht. Lacroix wusste, dass in der gesamten Stadt gerade eine Filiale nach der nächsten eröffnete. In Invalides gab es eine, an der Place des Ternes, aber auch nahe Bastille. Das hier war der Stammladen.

Das Schaufenster sah sehr einladend aus, teure *tartes* in einem Kühlschrank, dazwischen Blumenschmuck und Moos. Modern und ganz anders, als Lacroix es von der traditionsbewussten Boulangerie Lefèvre kannte.

Sie betraten den Laden, an dessen langer Theke die Kunden Schlange standen. Zwei junge Verkäuferinnen und ein Verkäufer bedienten. Sie trugen keine Schürze, wie bei Maurice Lefèvre, sondern Bluse und Hemd, blau-weiß gestreift. Dazu hatten sie alle ein auffällig breites Lächeln.

Die Backwaren in der Auslage ähnelten denen vom Bäcker von Saint-Germain sehr: Croissants, *pain aux raisins*, *tartelettes*, die Brote und Baguettes hinter den Verkäufern in großen Holzregalen.

Rio entschuldigte sich bei den Kunden, an denen sie sich vorbeidrängelte, und hielt der Verkäuferin ihren Ausweis unter die Nase.

»Mein Name ist Jade Rio vom Kommissariat im Fünften. Wir suchen Monsieur Moeller.«

Die junge Frau betrachtete den Ausweis genau, ihr Lächeln fror ein.

»Er ist hinten.«

Sie wies auf die hell erleuchtete Backstube, die sich wie bei Lefèvre direkt an den Laden anschloss. Hier allerdings trennte eine große Glasscheibe die beiden Räume, um den Kunden einen Blick ins Heiligtum zu ermöglichen. Transparenz, die Hunger machte – Lacroix spürte, dass das Konzept aufging.

In der Backstube herrschte ein ungeheures Gewusel. Junge Bäcker, sicher Auszubildende, standen an den Tischen und formten Croissants oder strichen Kuvertüre auf Törtchen, während an der großen Rollmaschine der Mann stand, dessen Gesicht Lacroix aus der Zeitung kannte.

Er ließ große Teigfladen in die Maschine laufen, die daraus Baguettes formte, die sich glichen wie ein Ei dem anderen.

»Monsieur Moeller?«, fragte Lacroix.

»Das bin ich«, sagte der große Mann freundlich. Er war alterslos, schwer zu sagen, ob er Anfang dreißig oder Anfang fünfzig war. Seine vollen blonden Haare hatten einen Stich ins Graue, er sah sportlich aus. Sein weißes Shirt, das den Schriftzug seiner Firma trug, ließ muskulöse Oberarme erahnen. Sein Lächeln war so offen wie das der Verkäufer vorn am Tresen, aber es wirkte auch irgendwie einstudiert.

»Mein Name ist Commissaire Lacroix, das ist Capitaine Jade Rio. Wir sind vom Kommissariat im Fünften.«

»Dachte ich es mir doch. Ihr Gesicht kam mir gleich bekannt vor, Commissaire, Sie stehen ja oft genug im *Parisien*. Der neue Maigret, das sind doch Sie, oder?«

Nun war aus dem professionellen Verkäuferlächeln ein echtes geworden, sofort wirkte der Mann viel sympathischer.

»Wir sind hier, weil wir mit Ihnen ...«, begann der Commissaire, doch Dany Moeller fiel ihm ins Wort.

»Sie wollen über Maurice sprechen. Gott hab ihn selig.«

»Kannten Sie ihn gut?«

»Natürlich. Wir sind eine verschworene Gilde, Commissaire Lacroix. Ich kannte ihn seit vielen, vielen Jahren. Obwohl wir unterschiedliche Konzepte verfolgten, waren wir uns immer einig, was die Qualität angeht. Wir halten die Werte der Pariser Bäcker hoch, da sind wir ein bisschen anders als viele junge Leute, die nur auf den Profit aus sind.«

»Sie waren auch bei der Preisverleihung, Monsieur Moeller.«

»Ja. Und auch beim Dinner der Preisträger. Da haben wir noch angestoßen, auf Platz eins und Platz zwei. Er war dann plötzlich weg. Und was danach passierte …«

»Er wurde erschlagen, in seinem Laden. Mit dem Brotschieber, genau so einem.«

Rio wies auf das hölzerne Arbeitsgerät, das in der Ecke stand.

»Wirklich? Das ist ja schrecklich!« Er schien ehrlich betroffen. »Es ist unglaublich, aber Sie glauben doch nicht, dass seine Arbeit etwas damit zu tun hat? War es ein Überfall? Haben sie ihm die Kasse ausgeräumt?«

»Nein, für einen Raubmord gibt es keine Indizien. Das würde uns die Arbeit deutlich erleichtern. So müssen wir davon ausgehen, dass ein Zusammenhang zu seinem Sieg am Vorabend besteht.«

»Das ist ja schrecklich!«, rief er erneut. »Aber meinen Sie wirklich, dass jemand wegen seiner Baguettes umgebracht wird? Muss ich mir etwa auch Sorgen machen?«

Lacroix ging nicht weiter auf ihn ein. »Erzählen Sie mir von dem Tag. Waren Sie bereits bei der Verkostung anwesend?«

»Nein.« Moeller schüttelte den Kopf. »Ich habe den Preis zwar schon zweimal gewonnen, aber nur der Vorjahressieger sitzt mit in der Jury. Aber am Wettbewerb teilgenommen habe ich natürlich. Ich habe morgens mein Baguette eingereicht und dann den ganzen Tag in der Backstube verbracht. Dann bin ich abends wieder zum Verband gefahren, als der Sieger bekannt gegeben wurde. Ich habe mich wirklich sehr über den zweiten Platz gefreut. Dann sind wir alle zusammen ins Restaurant gegangen, ins Vagenende auf dem Boulevard Saint-Germain, ein echt nobler Schuppen. Angeblich hatte Maurice das Restaurant ausgesucht, weshalb ich überrascht war, dass er so früh gegangen ist.«

»Ins Vagenende?«, fragte Lacroix überrascht. Er kannte die edle Brasserie nahe der Metrostation Mabillon mit ihren Kronleuchtern und Brokatvorhängen. Maurice Lefèvre wirkte aus den Erzählungen eher so, als würde er ein echtes Pariser Bistro mit herzhaften Speisen und großen Portionen bevorzugen. Aber offensichtlich hatte er seinen Sieg ganz elegant feiern wollen.

»Ja, die Stadt lädt die Gewinner und die Jurymitglieder im Anschluss immer zu einem *dîner* ein. Die alte Rabaly war den ganzen Abend stocksteif und wahnsinnig pikiert über Maurice' Sieg.« Er grinste.

Lacroix fand ihn eine Spur zu entspannt. »Wieso amüsiert Sie das so?«

»Ach, wissen Sie das gar nicht? Rabaly und Maurice waren mal zusammen, vor Jahrzehnten, als Teenager. Die erste große Liebe. Sie sind ja beide aus Paris. Maurice hat sie verlassen, als er seine jetzige Frau kennengelernt hat. Die Rabaly muss ihm noch jahrelang hinterhergerannt sein wie ein Derwisch. Aber irgendwann, als sie eingesehen hat, dass er nicht zurückkommen wird, hat sich ihre *amour fou* in tiefe Abscheu verwandelt, und sie hat ihm Steine in den Weg gelegt, wo sie nur konnte. Doch den zweiten Sieg in Folge, den hat sie nicht verhindern können – und sie hat ihn wirklich nicht kommen sehen. Ich kann Ihnen sagen – zur Salzsäule erstarrt war sie. Ich habe mich kaum halten können vor Lachen.«

»Sie mögen Madame Rabaly wohl nicht besonders?«

»Es ist eine rein professionelle Abneigung, Commissaire, Sie werden das wohl auch kennen – wer mag schon den Präfekten? Und Madame Rabaly ist sozusagen unser Präfekt. Sie ist von Stadtseite verantwortlich für alle Bäcker der Stadt und sehr darum bemüht, uns das Leben so schwer wie möglich zu machen, mit immer neuen Hygieneverordnungen und dem ganzen Kram.«

»Patron«, ein junger Mann kam angelaufen und zeigte auf den Ofen im hinteren Teil der Backstube. »Die Croissants – ich weiß nicht, ob sie fertig …«

Dany Moeller bekam einen hochroten Kopf. »Samir, ich habe dir doch schon zehn Mal gezeigt, worauf zu achten ist. Hör halt mal hin …«, dann stapfte er wütend zum Ofen und rief: »Ja, die müssen raus, los, niemand will verbrannte Croissants!«

Wütend kam er zurück zu den Beamten, sofort war das Lächeln wieder da, als hätte er nur kurz vergessen, dass sie noch hier waren: »Verzeihen Sie. Gutes Personal ist schwer zu finden, wie es immer heißt.«

»Sie hatten sich gute Chancen ausgerechnet, den Preis des besten Baguettes zum dritten Mal zu gewinnen, so sagt man.«

Für einen kurzen Moment vergaß er sein so professionelles Lächeln.

»Ach, Commissaire«, sagte er jovial, »wie soll das denn gehen? Es sind so viele Baguettes im Rennen. Wir produzieren beste Qualität, klar, wir waren sicher im engeren Favoritenfeld. Platz zwei hat das ja eindrucksvoll bewiesen. Am Ende ist es ja wie ein Sieg, die Bäckereien meiner Firma laufen hervorragend. Nein, Maurice hatte den Titel schon verdient. Zweimal in Folge, echt eindrucksvoll.«

Lacroix wischte sich über die Stirn, langsam wurde es hier drinnen unerträglich. Er fragte sich, wie die Bäcker es den ganzen Tag in so einer Bullenhitze aushalten konnten.

»Haben Sie eine Idee, wer einen echten Groll gegen Monsieur Lefèvre hegen könnte?«

Moellers Lächeln wurde zu einem Grinsen. »Die Einzige, die mir da einfällt, ist Madame Rabaly. Sie hat das nie verwunden mit Maurice.«

»In der Nähe der Boulangerie Lefèvre gab es bis vor Kurzem eine andere Bäckerei, die kleine Boulangerie Drux. Offenbar musste sie schließen, nachdem Monsieur Lefèvre den Preis gewonnen hat, weil alle Kunden zum Sieger abgewandert sind. Kennen Sie Monsieur Drux?«

Moeller nickte. »Ich kannte ihn flüchtig. Er war mal im Rat der Bäcker, das ist aber sicher schon zehn Jahre her. Sie haben geschlossen, aber nicht nur, weil die Kunden weggeblieben sind. Monsieur Drux ist in sein Heimatdorf im Elsass zurückgegangen. Dort ist er vor einigen Monaten gestorben, Krebs. Ich habe die Todesanzeige im *Parisien* gesehen.«

Lacroix bemerkte, wie Rio ihn entschuldigend ansah. Das Foto des Mannes würden sie jedenfalls nicht mehr an die Glasscheibe in seinem Büro kleben müssen.

»Gut, Monsieur Moeller, haben Sie vielen Dank. Wir lassen Sie nun weiterarbeiten.«

»Ich hoffe, Sie finden den Mörder. Der arme Maurice. Die arme Sonia.«

»Kannten Sie die Lefèvres auch privat?«

»Ja, wir sind befreundet. Sonia hat Maurice sehr geliebt.«

»Wurde nach dem Essen noch weitergefeiert?«

»Commissaire, Sie sind mir ja einer. Gewitzt, wie es in der Zeitung steht. Nun, ich bin frisch geschieden.« Er grinste anzüglich.

Lacroix entschied sich, nicht weiter darauf einzugehen.

»Vielen Dank, Monsieur.«

»Commissaire«, rief Dany Moeller, als sie sich schon umgewandt hatten, im Begriff, die Backstube zu verlassen, »hier, nehmen Sie.«

Er drückte ihnen je eine Tüte in die Hand, darin zwei *baguettes à la tradition*.

»Vielen Dank«, sagte Rio lächelnd. »Ich habe nur noch eine letzte Frage: Monsieur Lefèvre hat alle Brote von Hand gerollt, Sie nehmen die Maschine. Wirkt sich das auf die Qualität aus?«

»Sie werden es nicht schmecken, Madame«, sagte er und senkte die Stimme. »Maurice war zufrieden mit seinem kleinen Laden, aber bei den Mengen, die wir verkaufen, brauchen wir die Rollmaschine. Einen schönen Tag.« Er wandte sich um und war verschwunden.

Rio und Lacroix gingen hinaus, die junge schwarze Verkäuferin hinter dem Tresen schenkte ihnen ein strahlendes Lachen. Als sie draußen standen, sagte Lacroix:

»Na, da wird es uns ja nachher gut schmecken.«

»Einen Versuch, ihn aus der Reserve zu locken, musste ich wagen, Commissaire.«

»Versuch gelungen, würde ich sagen. Überprüfen Sie ihn sehr genau, Capitaine. Sie wissen ja, was da zu tun ist. Ihre technischen Finessen sind für mich böhmische Dörfer.«

»*D'accord*, Commissaire.«

»Hören Sie, würden Sie mich bitte nach Hause fahren? Ich bin mit Dominique zum Abendessen verabredet. Nur weiß sie noch nichts davon.«

12

Du und deine Toten.« Dominique lehnte sich zurück und nahm ihr Glas, um mit ihm anzustoßen. Sie tranken einen herrlichen Roten, einen Château Gloria Saint-Julien aus dem Jahr 2011, und in diesem Moment kam der Kellner und stellte die dampfenden Teller vor sie. Sie hatten sich beide für *magret de canard* entschieden. Die rosa gebratene Entenbrust lag in einer dunklen Orangensoße, dazu gab es kleine La-Ratte-Kartoffeln und zarte Bohnen.

»Ich weiß gar nicht, wer mir lieber ist: meine Toten oder deine Wähler.«

»Doch, das weißt du«, sagte sie lachend.

Er nahm den ersten Bissen, und es schmeckte mindestens so gut, wie es aussah. Die Soße war sehr sämig und die Orangennote vollkommen. Die Entenbrust war wunderbar zart und auf den Punkt gebraten, die Haut knusprig.

Sie waren noch nicht sehr oft in dieser Brasserie auf der Avenue de Suffren gewesen, was sie künftig vielleicht ändern sollten. Das Essen war fabelhaft. Als Vorspeise hatten sie sich eine Meeresfrüchteplatte geteilt, mit Austern und Schnecken aus Cancale, Langusten und Crevetten aus dem Südwesten und einer gewaltigen Meerspinne, deren zartes Fleisch sie bis zum Schluss aufgehoben hatten. Doch nicht nur das Essen war ein Genuss, auch der Ausblick: Von der Terrasse aus konnten sie den Eiffelturm in der Dämmerung leuchten sehen.

»Der Bäcker geht mir nicht aus dem Kopf«, sagte Lacroix, als sie gerade im Begriff waren, ihr Mahl zu beenden. »Ich sehe immer seine Augen vor mir. Auf dem Foto, das von ihm und seinem Team in der Backstube hing, sah er so gelassen aus.«

»Und was beschäftigt dich?«

»Dass es offenbar zwei Maurice Lefèvres gab. Den vor dem Preis und den danach.«

»Er hat sich verändert?«

»Das sagen alle, die ihn kannten. Nun ja …«, er überlegte, »fast alle.«

»Es passiert nicht selten, dass Erfolg die Menschen verändert. Vielleicht wurde ihm alles zu viel. Oder er hatte finanzielle Sorgen, und seine Zukunft hing davon ab.«

»Warum sollte sie? Er hat doch die letzten Jahrzehnte auch ohne Preis überlebt. Die Leute liebten seine Bäckerei.«

»Wir hatten auf der letzten Tagung der Bürgermeister ein langes Symposium zu dem Thema, aber ich will dich nicht langweilen.«

»Bitte, *chérie,* erzähl doch.«

»Die Industrie steckt in einer tiefen Krise. Jedes Jahr schließen in Frankreich 1200 Bäckereien«, begann Dominique. »Das sind genauso viele, wie es in ganz Paris gibt: 1200 unabhängige Bäckereien. Tendenz natürlich auch hier steigend.«

»Wegen der großen Ketten?«

»Ganz genau. In Paris konkurrieren die Kleinen mit den Branchenriesen. Und in der Fläche sind es die Supermärkte. Ist es nicht unglaublich, dass die Leute zu faul geworden sind, in die Bäckerei zu gehen? Wie herrlich ist das denn immer, in Giverny ein Schwätzchen zu halten mit Evelyne? Nein, die Leute stehen lieber an der Selbstbedienungstheke im Super-U und essen dieses abgepackte Industriebaguette.«

»Du sprichst mir aus der Seele.«

»Gott sei Dank ist die Lage hier in der Stadt noch einigermaßen stabil. Wusstest du, dass es gesetzlich vorgeschrieben ist, dass von den 1200 Bäckereien auch im August 600 geöffnet haben müssen? Jeder Pariser hat ein Anrecht darauf, dass auch in den Sommermonaten im Umkreis von 300 Metern um seine Wohnung eine Boulangerie geöffnet hat. Das ist ein Gesetz von 1790. Es wurde erlassen, nachdem die Bewohner Hunger litten und Marie-Antoinette sagte: ›Wenn sie kein Brot haben, sollen sie doch Kuchen essen.‹«

»In der Rue Jacob in Saint-Germain, ganz in der Nähe von Lefèvres Laden, musste eine Bäckerei schließen, ein kleiner Familienbetrieb. Ich war heute Mittag dort. Jetzt gibt es da Turnschuhe statt Brote. Wie es aussieht, wird Madame Lefèvre aber weitermachen.«

»Die Baguettes dort sind aber auch zu lecker. Wie schade, dass er sie nicht mehr backen wird.«

»Kannst du dir vorstellen, dass es bei seiner Wiederwahl nicht mit rechten Dingen zugegangen ist?«

Sie überlegte einen Moment. »Wie ließe sich so eine Wahl denn manipulieren?«

»Das überlege ich schon den ganzen Tag. Aber morgen werde ich es erfahren, denke ich. Komm, wir machen noch einen Spaziergang und trinken unseren *café* drüben auf der Rue de Grenelle.«

Dominique nickte, und Lacroix bestellte die Rechnung.

Zufälle im Hôtel de Ville

13

Alain zog den Rollladen der *fruiterie* hinauf und winkte Lacroix, als er ihn vorbeigehen sah.

»Ich komme gleich«, rief er dem Commissaire zu.

Lacroix betrat das Chai und ging sofort zum Tresen. Yvonne trat eben aus der Küche, ein Strahlen auf dem Gesicht.

»Ach, es wird Sommer, *mon commissaire*. Herrlich, oder?«

In der Tat war es ein wunderbarer Morgen, die Luft war schon sehr warm, die Vögel sangen um die Wette.

»Vorhin hat diese Madame Schneider angerufen. Die hat das hier geschrieben, oder?«

Sie reichte ihm die neue Ausgabe des *Parisien* über den Tresen: *Vom Sieger zur Leiche: Der tragische Tod des Bäckers von Saint-Germain.*

Lacroix schüttelte den Kopf. Was für eine Dramatik!

»Was wollte sie?«

»Sie wollte dir sagen, dass Monsieur Fauquet dich wieder nicht treffen kann, sie ist untröstlich. Er ist nach dem *dîner* in Lyon gestürzt und musste über Nacht im Krankenhaus bleiben. Man hofft, dass er am Abend zurück ist.«

»Mon dieu«, stöhnte Lacroix. Er hatte gehofft, mit dem Gourmetjournalisten einen Schritt weiterzukommen.

Wieder klingelte das Telefon, das hinter der Bar stand, neben den Flaschen, die in Reih und Glied aufgestellt waren.

»Au Chai de l'Abbaye, bonjour«, flötete Yvonne. Sie hörte einen Augenblick zu, drehte sich dann zu ihm und warf den freien Arm in gespielter Empörung in die Luft.

»Sehr gern, Madame, schön, Ihre Stimme zu hören. Kommen Sie doch mal wieder bei uns vorbei, wir würden uns freuen. Ja, ich reiche Sie weiter.«

Sie gab Lacroix den Hörer.

»Salut, mon cher«, sagte Dominique, und Lacroix erschrak fast. Sie hatten sich doch vor nicht einmal dreißig Minuten voneinander verabschiedet.

»Ist etwas passiert? Geht es dir gut?«

»Hör mal, es ist ganz unglaublich, was für ein Zufall! Véronique hatte Urlaub, deshalb habe ich nichts davon gewusst. Ich weiß wirklich nichts über meine Mitarbeiter, Herrgott. Stell dir vor: Véronique war erst in Italien und dann bei ihren Eltern. Ich dachte, sie sei zwei Wochen weg.«

Lacroix lauschte in den Hörer und hatte keine Ahnung, wo dieses Gespräch hinführen könnte. Seine Frau war in der Regel die Ruhe selbst. So aufgeregt hatte er sie selten erlebt.

»Aber sie war zwischendurch in Paris – weil sie doch tatsächlich in der Jury saß. Sie hat ihre Kontakte spielen lassen – natürlich ohne mein Wissen –, sodass ihre Bewerbung bei der Auslosung bevorzugt behandelt wurde. Sie liebt Backwaren, das weißt du ja. Sie hat mir eben davon erzählt, und da bin ich fast umgekippt. Sie hat vom Tod des Bäckers erst heute aus der Zeitung erfahren, da dachte sie sofort an dich und deine Ermittlungen.«

»Ich komme sofort zu euch.«

Er gab Yvonne den Hörer zurück und trank den kleinen *café serré,* der auf der Theke stand.

»Ich bezahle später, ja?«

Ohne eine Antwort abzuwarten, eilte er hinaus. Entgegen sämtlicher Gewohnheiten winkte er einem schwarzen Taxi, das eben vom Boulevard aus in die Rue de Buci abbog.

»Mairie du 7e arrondissement, s'il vous plaît«, sagte er, und der Wagen schoss sofort los. Der Fahrer hatte offenbar die Eile in seiner Stimme vernommen.

Über die Rue Jacob, die Rue des Saints-Pères mit der medizinischen Hochschule, dann rechts in die Rue de Grenelle. An der Hausnummer 116 bremste der Mann, dass die Reifen quietschten. Die Fahrt hatte kaum acht Euro gekostet.

Lacroix durchschritt den kleinen Triumphbogen über dem Portal. Im Hof teilte sich der Weg. Rechts war die Bibliothèque Saint-Simon untergebracht, links standen die Bürger des feinen Bezirks Schlange, um Angelegenheiten des täglichen Lebens zu erledigen: einen neuen Reisepass beantragen oder einen Termin beim Standesamt vereinbaren.

Seine Frau hatte ihr Büro eine Etage höher, Lacroix kannte den Weg im Schlaf. Er stieg die breite Wendeltreppe hinauf, klopfte an die Tür des Vorzimmers, erhielt jedoch keine Antwort. Also trat er ein. Das Büro war verlassen, doch er hörte Véroniques Stimme und wusste, wo er Dominiques Sekretärin finden würde. Er klopfte an die Tür, die zum Büro seiner Frau führte, öffnete sie nach einer kurzen Pause und betrat dann den hochherrschaftlichen Raum mit den Sprossenfenstern, aus denen man auf den Park des alten Bürgerhauses sah: akkurat gestutzter grüner Rasen und alte Bäume, die sich leise im Wind wiegten. Hier drinnen war es pompös: der Marmorkamin, die goldbesetzte Kassettendecke, der Kronleuchter. Dagegen wirkte der Schreibtisch seiner Frau fast schlicht. Der Commissaire wusste, dass Dominique das Ambiente dieses Hauses ein wenig zu überkandidelt war, aber wie sagte sie immer: ›Es sind eben die Insignien der Republik, und ich bin nur zu Gast – wer wäre ich also, es zu verändern?‹ Sie sagte es stets mit schlichter Ironie: Natürlich fand sie es bemerkenswert, an so einem Ort arbeiten zu dürfen, und war dankbar, dass die Bürger ihr das Vertrauen entgegengebracht hatten.

Genau vor diesem schlichten Holzschreibtisch, die Köpfe zusammengesteckt und ins Gespräch vertieft, saßen Dominique Lacroix und Véronique Lagarde.

»Das Verhör ist ja schon in vollem Gange«, sagte der Commissaire lächelnd, nur mühsam konnte er seine Anspannung verstecken.

Dominique hob den Kopf und lachte ihn an: »Ach, Mademoiselle Lagarde und ich haben uns lange nicht gesehen, es gibt viel zu erzählen. Aber deine Geschichte hat natürlich Vorrang.«

Lacroix begrüßte zuerst Véronique, dann gab er seiner Frau einen Kuss.

»Ich lass euch allein«, sagte sie und wandte sich zur Tür.

»Nein, bleib bitte«, sagte er schnell. »Vielleicht fällt dir etwas auf.«

Also ließen sie sich zu dritt nieder, Dominique, wie es sich gehörte, hinter ihrem Schreibtisch in dem breiten Ledersessel, Véronique und Lacroix davor.

Links hinter dem Schreibtisch stand die Trikolore, rechts die Flagge von Paris, blau und rot, darauf das Schiff und der Sinnspruch: *Fluctuat nec mergitur* – Sie schwankt, aber sie geht nicht unter.

»Commissaire«, begann Véronique, ihre Worte sprudelten nur so aus ihr heraus. Schon an normalen Tagen redete sie wie ein Wasserfall, heute aber schien es, als führe der Fluss Hochwasser. »Ich konnte es kaum glauben, als ich die Zeitung aufgeschlagen habe. Wissen Sie, ich bin nach meiner Rückkehr aus Italien nur für einen Tag nach Paris gekommen, um in der Jury zu sitzen. Am nächsten Morgen bin ich zu meinen Eltern gefahren. Das mache ich oft, auch wenn ich nur einen Tag freihabe. Sie sind nicht mehr die Jüngsten, und es ist ja nicht weit. Sie wissen ja, Commissaire, dort oben, wenn Sie den *Courrier Picard* aufschlagen, steht da kein Wort über Paris. Für die Menschen dort existiert die Hauptstadt überhaupt nicht.«

Lacroix wusste, was sie meinte. Véronique Lagarde

stammte aus einem kleinen Dorf zwischen Montdidier und Amiens, in den Weiten der Somme in der Picardie, wo die Weltkriege besonders schlimm gewütet hatten. Ihre mittlerweile betagten Eltern wohnten immer noch dort, weshalb sie jeder Urlaub auch zurück nach Hause führte. Lacroix' Familie stammte aus Senlis, so weit lag das gar nicht auseinander. Die Bewohner des Nordens waren ein stolzes Völkchen. Allen gemein war der Argwohn auf die mondänen und aus ihrer Sicht arroganten Hauptstädter, deren Lebenswelt deshalb in der regionalen Tageszeitung gar nicht erst abgebildet wurde.

»Und deshalb war ich auch komplett ahnungslos und habe vom Tod des Bäckers erst heute Morgen erfahren. Mir war sofort klar, dass Sie die Ermittlungen leiten, Commissaire.«

Beruhigend lächelte er sie an, in der Hoffnung, ihren Redefluss auf den Kern der Geschichte zu lenken.

»Alles gut, Mademoiselle Lagarde, erzählen Sie doch bitte der Reihe nach: Wie ist es Ihnen gelungen, einen Platz in der Jury zu bekommen? Es bewerben sich doch jedes Jahr Tausende Pariserinnen und Pariser.«

Lacroix bemerkte Dominiques Lächeln, das sie ihm über den Schreibtisch zuwarf. Natürlich war die Frage naiv, denn die Interessen von Véronique Lagarde waren so vielfältig wie ihre Kontakte. Es gab keinen Abend und kein Wochenende, an dem sich die ewige Junggesellin nicht in der Stadt vergnügte, im Theater, in der *Opéra,* auf den Märkten – oder eben in der Jury des Bäckerverbandes.

»Ach, Commissaire«, sagte sie augenzwinkernd, »man sieht es zwar nicht, aber ich liebe Backwaren, ich liebe Süßes. Es war immer mein Traum, einmal über das beste Baguette der Stadt abzustimmen. Das ist ja wirklich eine weitreichende Entscheidung. Die letzten zwei Jahre war ich hier im Büro zu eingespannt, aber dieses Jahr habe ich extra Urlaub genommen. Sie wissen ja, die Jury wird vom Rathaus und von dem Bäckerverband ausgelost. Und zufällig habe ich auf einer Veranstaltung vor einigen Jahren die Vorzimmerdame von Madame Rabaly kennengelernt, der zuständigen Sekretärin für den Handel. Wir sind in regem Kontakt geblieben, und ich habe ihr irgendwann von meinem Wunsch erzählt. Sie hat nur gelächelt und gesagt: ›Registrier dich online und überlass mir den Rest.‹ Und richtig: Wenige Tage später bekam ich eine Mail mit der Zusage. Ich war ganz aus dem Häuschen.«

Lacroix musste lächeln, es war einfach zu typisch: Natürlich waren die Eliten der Hauptstadt mächtig und hatten jede Menge zu sagen, aber er hatte den Eindruck, als würden die eigentlichen Entscheidungen häufig in den Vorzimmern getroffen. So gut waren die Sekretärinnen, Assistentinnen und Vorzimmerdamen miteinander vernetzt. Auch Dominique traf keine Entscheidung, ohne Mademoiselle Lagarde um Rat gefragt zu haben.

Dennoch war der Kern der Geschichte nicht witzig, befand der Commissaire. Nun hatte er den Beweis, dass die Juryzusammensetzung sehr wohl manipulierbar gewesen war. Madame Rabaly hatte ihm gegenüber nur darüber gesprochen, dass es in Monsieur Lemaires Abteilung nicht mit rechten Dingen zugegangen sein könnte, aber offenbar galt die Schummelei auch für Rabalys Mitarbeiter. Anders war Véroniques Teilnahme nicht zu erklären.

»Erzählen Sie mir von dem Tag der Wahl«, bat Lacroix, »es muss doch aufregend gewesen sein.«

»Und wie, Commissaire«, begann Véronique, die auf ihrem Stuhl vorgerückt war und ganz rote Wangen hatte. Doch Dominique unterbrach sie.

»Véronique, erzähl erst mal die andere Geschichte, von dem Anruf zwei Wochen vorher.«

»Ja, natürlich. Hören Sie, Commissaire, es war vor knapp drei Wochen. Da läutete hier im Rathaus das Telefon. Ich bin in der Eile rangegangen, ohne mich zu melden. Da war ein Mann dran, die Stimme irgendwie verzerrt. Ich weiß es noch, als wäre es gestern gewesen. ›Madame‹, hat er gesagt, ›ich höre, Sie sind in der Jury für das beste Baguette? Ich möchte Ihnen ein Angebot machen.‹ Es rauschte in der Leitung, deshalb war ich irgendwie abgelenkt, und dann habe ich gesagt: ›Hier ist Véronique Lagarde vom Rathaus im Siebten, wer spricht denn da?‹ Und dann, Sie werden es nicht glauben, hat der Mann einfach aufgelegt.«

Lacroix hielt den Atem an, Véronique fuhr fort.

»Aber ich bin ja nicht von gestern, Commissaire, ich habe natürlich sofort zurückgerufen. Niemand hat abgehoben. Noch zweimal habe ich es probiert, und dann habe ich die Nummer im Internet recherchiert. Stellen Sie sich vor …«

Sie machte eine dramatische Pause, so lange, bis sich Dominique räusperte, wohl, weil auch sie es nicht mehr aushalten konnte.

»Stellen Sie sich vor, es war die Nummer der Boulangerie Lefèvre.«

»Wirklich? Sind Sie sich ganz sicher?«

»Hundertprozentig. Ich weiß, Monsieur Lacroix, Sie halten nicht viel vom Internet und so weiter, aber es war eindeutig.«

»Haben Sie ihn noch mal angerufen?«

»Nein, warum auch. Ich dachte, da sei irgendwas durcheinandergeraten. Ich habe nicht mehr darüber nachgedacht. Erst heute Morgen, als ich den Artikel im *Parisien* gelesen habe, ist es mir wieder eingefallen.«

Dominique stand auf und ging zum Fenster. Die Sonne schien herein und heizte den Raum auf. Die Bürgermeisterin öffnete einen Flügel, und sofort drangen das Rauschen des Windes und das Vogelgezwitscher aus den Bäumen gegenüber herein.

»Erzählen Sie uns von dem Tag der Verkostung, Véronique«, sagte Lacroix.

»Was war ich aufgeregt, Commissaire. Ich konnte es immer noch kaum glauben: Ein Mädchen vom Land darf über das beste Baguette der Stadt entscheiden. Das Baguette, das künftig der Präsident frühstücken wird. Was für eine Ehre!«

Lacroix verstand, warum Dominique diese Frau für unverzichtbar hielt. Ihr Charme war einfach unwiderstehlich.

»Die Verkostung hat in einem alten Bürgerhaus am Quai d'Anjou stattgefunden, in wunderschönen Räumlichkeiten. Dort sitzt die Bäckerinnung. Wir mussten uns pünktlich einfinden, aber es waren erst mal nur simple Formalitäten zu erledigen. Unsere Personalien und dergleichen. Dann kamen die Baguettes. So viele, es war ganz unübersichtlich. Die soll ich alle essen?, dachte ich. Aber dann wurden erst mal die aussortiert, die zu schwer oder zu leicht, zu lang oder zu kurz waren. Und dann, etwa gegen zwei, begann die Verkostung. Ich hätte nie gedacht, dass Baguettes so unterschiedlich schmecken können!«

»Wer war alles anwesend?«, fragte Dominique und schien selbst zu erschrecken. Ob über den Klang ihrer Stimme oder darüber, dass sie statt Lacroix das Wort ergriffen hatte.

»Madame Rabaly aus dem Rathaus, der Bäckerinnungschef, Monsieur Lefèvre, der Vorjahressieger, drei Journalisten, eitle Gockel allesamt, das sag ich Ihnen, und die Ausgelosten, fünf plus ich.«

»Und Monsieur Lefèvre? Haben Sie seine Stimme wiedererkannt?«

»Commissaire, ich wollte es eben selbst ansprechen. Es gab ein einfaches Mittagessen, eine *consommée* und einen Salat, damit wir unsere Geschmacksnerven nicht überstrapazierten. Der Zufall hat es offenbar so gewollt: Wir saßen nebeneinander. Es war sehr merkwürdig. Ich hatte von Anfang an das Gefühl, dass Monsieur Lefèvre versuchte, mich zu ignorieren. Er hat mich keines Blickes gewürdigt, mir den Rücken zugewandt, sich ausschließlich mit dem Journalisten unterhalten, der auf der anderen Seite neben ihm saß. Aber ich wollte es natürlich wissen, immer wieder habe ich ihn angesprochen. Und irgendwann hat er geantwortet. Ich habe einfach etwas über seine Bäckerei gefragt, da konnte er nicht anders. Ich würde meinen Kopf dafür verwetten: Er hat versucht, seine Stimme zu verstellen, als er mir antwortete. Aber er war es, der Mann vom Telefon.«

»Ganz sicher?«

»Aber ja, Commissaire, aber ja.«

Lacroix nickte. Das Unmögliche ... Wie oft hatte er in seinem Beruf das Unmögliche schon erlebt? Das, was alle Beteiligten für ausgeschlossen erachtet hatten?

»Vielen Dank, Mademoiselle Lagarde. Ihre Beobachtungen sind wirklich sehr hilfreich. Können Sie mir auch noch etwas über die anderen Jurymitglieder sagen?«

Sie überlegte eine Weile, sah dabei stumm aus dem Fenster. Dann sprach sie mit veränderter Stimme, als seien die Erinnerungen ganz präsent und sie zeichne ein Bild mit ihrer Stimme.

»Es war ganz merkwürdig, Commissaire, sie waren irgendwie alle gleich. Vier junge Männer, vielleicht Mitte, Ende zwanzig, und dann noch eine junge Frau. Alle ein Alter, und sie waren ähnlich gekleidet. Darüber habe ich mich sofort gewundert. Aber das Merkwürdigste war: Sie haben nicht miteinander gesprochen.«

»Warum ist das verwunderlich?«

»Überlegen Sie doch mal: Wer sich um einen Platz

in der Jury bewirbt, dem geht es doch um das Erlebnis. Es gibt ja kein Geld oder so – nur die Ehre, dabei zu sein. Da redet man doch miteinander, ist aufgeregt. Doch nichts dergleichen.«

Lacroix nickte, das war sehr einleuchtend.

»In einer Kaffeepause kam Madame Rabaly zu mir, sie hatte mich wohl erkannt. Sie flüsterte mir zu, dass das ja ganz schön trübe Tassen seien, dieses Jahr. Genau diese Formulierung hat sie verwendet, *trübe Tassen*. In den Vorjahren sei es immer ganz anders gewesen. Ich habe mir natürlich nichts dabei gedacht, aber nun, nach diesem Mord …«

»Es ist zu früh für Schlussfolgerungen, und ich muss Sie bitten, über all diese Dinge Stillschweigen zu bewahren. Aber Sie haben mir sehr geholfen, wirklich, vielen Dank.«

»Aber natürlich, Commissaire, ich schweige, kein Wort zu niemandem. Aber, ich bitte Sie, erzählen Sie mir, wer es war? Ich will es nicht aus der Zeitung erfahren. Abgesehen von seinem Versteckspiel war mir Monsieur Lefèvre sehr sympathisch. Der Angenehmste von allen.«

»Waren Sie anschließend mit im Bistro?«

Sie nickte. »Als Einzige von den Ausgelosten, das war auch merkwürdig. Die anderen sind einfach verschwunden, obwohl diese jungen Leute eine Einladung ins Vagenende doch nicht ausschlagen sollten, oder? Nun ja, es war jedenfalls sehr fein dort.«

»War Monsieur Lefèvre auch dabei?«

»Nur kurz.«

»Wie wirkte er auf Sie?«

»Nachdenklich, würde ich sagen. Er hat den Sieg wohl nicht recht fassen können.«

»Und haben Sie Monsieur Moeller gesehen? Einen anderen Bäcker?«

»Den Sieger von 2010 und 2015?«

Lacroix musste sie erstaunt angesehen haben.

»Commissaire, wenn ich sage, dass ich mich auskenne, dann kenne ich mich auch aus. Ja, der war da. Sehr unangenehmer Typ, wenn Sie mich fragen, wahnsinnig überheblich. Und ich glaube, er war auch nicht ganz glücklich, dass Lefèvre gewonnen hat.«

»Uns hat er erzählt, er freue sich über seinen zweiten Platz und habe Monsieur Lefèvre gratuliert.«

»Mitnichten, Commissaire. Sie haben sich keines Blickes gewürdigt. Aber ich habe Moeller angesehen, wie es in ihm arbeitete. Sie wissen, ich kenne die Menschen. Später, als Lefèvre weg war, hat Moeller drinnen große Reden geschwungen, wie unverdient der Sieg sei. Er hatte ordentlich einen über den Durst getrunken.«

»Mademoiselle, haben Sie vielen Dank. Das war das mit Abstand ergiebigste Gespräch in diesem Fall.«

»Sehr gern, Commissaire.«

Er erhob sich. »Einen schönen Tag.«

»Ihnen auch.«

»Ich begleite dich noch nach draußen«, sagte Dominique und stand schon neben ihm.

Sie gingen über den langen Flur, dann die Treppe hinab durch den Flügel, in dem die Bürger auf ihre Termine warteten.

Es war eine langwierige Angelegenheit, weil die Bürgermeisterin ständig stehen bleiben musste, Hände schütteln, *bises* verteilen. Lacroix war immer wieder erstaunt darüber, wie beliebt sie war, in Zeiten, in denen Politiker eher personifizierte Feindbilder waren.

Als sie nach draußen in den Innenhof traten und Lacroix nach seiner Pfeife griff, sagte seine Frau:

»Sie ist doch …«

»… einfach …«

»… zauberhaft.«

»Du bist zauberhaft. Sie ist für einen Polizisten wie mich eine wahre Goldgrube.«

»Charmeur. Wird es heute Abend spät bei dir?«

»Ich würde den Mörder gern heute verhaften.«

»Bist du ihm nah?«

Lacroix kniff die Augen zusammen. »Ich weiß nicht, irgendwas stimmt nicht.«

»*Bonne courage*, Commissaire.«

14

Lacroix rauchte den Tabak einer ganzen Pfeife und wanderte gedankenverloren durch die Straßen. Offenbar war Dany Moeller doch nicht so glücklich über den zweiten Platz, wie er ihnen weismachen wollte. Er war betrunken gewesen und hatte sich über Lefèvre ausgelassen. Sie mussten unbedingt in Erfahrung bringen, wo er hingegangen war, nachdem er das Vagenende verlassen hatte. Ein normaler Polizist hätte Dany Moeller wohl sofort zum Verhör einbestellt, doch das entsprach nicht Lacroix' Naturell. Erst als er die Rue las Cases entlangging, wo die Glocken der Basilika Sainte-Clotilde zum Mittagsgebet riefen, kam er wieder zu sich. Er betrat die Kirche und setzte sich in die vorvorletzte Reihe auf der rechten Seite wie stets. Pierre-Richard ging an ihm vorbei und deutete ein Nicken an, dann trat er nach vorn an den Altar.

Lacroix konnte nicht sagen, worum es in der Predigt gegangen war, er hatte nur einige Worte aus dem Evangelium behalten.

»Mit dem Himmelreich ist es wie mit einem Senfkorn, das ein Mann auf seinem Acker säte. Es ist das kleinste von allen Samenkörnern, sobald es aber hochgewachsen ist, ist es größer als die anderen Gewächse und wird zu einem Baum.«

Lacroix wusste nicht, warum diese Worte in seinem Kopf herumgeisterten, als er nach dem Segen seinem Bruder ein Zeichen gab, die Kirche verließ und hinaustrat auf die ruhige Rue las Cases. Von hier aus ging er die letzte Viertelstunde zu Fuß zum Chai, er wusste, dass Pierre-Richard ihm folgen würde. Sicher war der Priester genauso hungrig.

Als er eintrat, kam ihm Yvonne schon mit hochrotem Kopf entgegen, was so selten vorkam wie ein grundlos freundlicher Pariser Kellner. So war er sich sicher, dass etwas Ernstes im Gange war.

»Na endlich, *mon commissaire,* Romy Schneider hat schon dreimal angerufen. Sie war ganz empört, dass du dich nicht hier sehen lässt. Ich habe sie beruhigen wollen, aber beim letzten Mal hat sie gesagt, dass sie nun selbst herkäme.«

Sie betrachtete die Uhr an der Wand.

»Das war vor fünfzehn Minuten, ungefähr.«

»Was wollte sie denn?«, fragte Lacroix ruhig und bugsierte Yvonne sanft hinter die Theke. »Kannst du mir ein Bier zapfen?«

Sobald sie hinterm Tresen stand, fand sie ihre Souveränität wieder. Sie füllte das Meteor ins kleine Glas und stellte es vor ihn.

»Da ist sie auch schon«, sagte sie mit einem Blick zur Tür.

Romy Schneider trat ein, direkt gefolgt von Pierre-Richard, der den raschen Bewegungen der jungen Frau mit sichtlichem Interesse folgte.

»Da sind Sie ja endlich«, sagte die Journalistin unumwunden und blieb genau vor Lacroix stehen. Ihre Lässigkeit war verschwunden, sie stand wirklich unter Strom.

»Ich wusste nicht, dass ich das Chai nicht mehr verlassen darf, ohne Sie im Vorfeld darüber in Kenntnis zu setzen«, sagte der Commissaire trocken.

»Ich habe Ihren Fall gelöst«, antwortete die junge Frau.

Pierre-Richard, der noch immer seine Soutane trug, hatte sich mittlerweile neben den beiden niedergelassen und sah dem Schlagabtausch gebannt zu. Es musste ein packendes Bild abgeben: die junge Frau mit dem blonden Kurzhaarschnitt, gekleidet in die neueste Pariser Couture, dazu sportliche Sneaker, der ältere Herr im Mantel, den Hut in der Hand, der Rauch der ausglühenden Pfeife drang noch immer weich aus seiner Tasche.

Lacroix machte Yvonne ein Zeichen, Sekunden später stand das zweite Bier auf dem Tresen.

»Trinken Sie«, sagte er, und die junge Journalistin nahm das Glas. Sie stießen an, die Aufregung legte sich allmählich.

»Gut, nun denn …«, sagte Lacroix, »erzählen Sie.«

»Ich würde, ehrlich gesagt, lieber gleich los. Haben Sie einen Streifenwagen?«

»Eilt es?«

»Es eilt!«

Lacroix fragte nicht weiter, ihr Blick war eindeutig. Yvonne stellte das Telefon auf den Tresen, und er wählte rasch, Rio antwortete sofort.

»Es kommt Bewegung in den Fall«, sagte er, »holen Sie mich ab?«

Vier Minuten später hörten sie die Sirene auf dem Boulevard, gleich darauf bremste das Zivilfahrzeug mit blinkendem Blaulicht vor dem Chai. Rio musste die Busspur in umgekehrter Fahrtrichtung genommen haben, niemals hätte sie sonst so schnell da sein können.

»Ich hätte gern mit dir gegessen.« Lacroix legte seinem Bruder zum Abschied die Hand auf die Schulter. »Wir sehen uns später.«

Er stieg vorn ein, Romy Schneider öffnete wie selbstverständlich die hintere Tür und ließ sich auf den Rücksitz fallen.

»Uns begleitet Romy Schneider …«, begann Lacroix, doch Rio war schneller und ergänzte:

»Journalistin vom *Parisien*. Sie wissen, Commissaire, ich frage nicht oft, aber: Was soll das?«

»Sie ist schnell und effektiv, so scheint es. Also«, er wandte sich nach hinten, »Mademoiselle, wohin fahren wir?«

»Avenue Rockefeller.«

»Wo ist das?«, fragte Rio genervt.

»In der Cité U. Südlich des Parc Montsouris.«

Ohne ein weiteres Wort zu verlieren, fuhr Rio los, die Sirene bahnte ihnen den Weg.

Die nächsten zehn Minuten gehörten Romy Schneider, die zwischen die Vordersitze gebeugt erzählte, was sie herausgefunden hatte. Es ging in Richtung Süden, den ganzen Weg durchs sechste, später durchs 14. Arrondissement, bis sie schließlich hinter dem weitläufigen Park auf die ersten Ausläufer der Cité Internationale Universitaire stießen.

In den hohen Gebäuden direkt am Boulevard befanden sich die Räumlichkeiten der Hochschule, in den niedrigeren Bauten in den kleinen Straßen weiter südlich lebten die Studierenden. Jedes Jahr kamen über Zehntausende aus aller Welt, die in Paris lernten – aber zu Lacroix' Leidwesen noch lieber feierten. Jedes Land hatte hier sein eigenes Haus.

Als sie in die Avenue Rockefeller einbogen, sagte Romy Schneider: »Dort, Hausnummer 14.«

Rio bremste, doch sie stieg noch nicht aus, stattdessen drehte sie sich nach hinten um.

»Was erwartet uns hier?«

»Keine Sorge, Sie brauchen keine Dienstwaffe, Capitaine. Es besteht keine Gefahr für Leib und Leben, vielmehr handelt es sich um den vielleicht größten Betrug des Jahres.«

»Und den haben Sie aufgedeckt?«

»Ich will mich nicht mit fremden Federn schmücken, es war unser Monsieur Maigret, der den entscheidenden Hinweis geliefert hat«, sagte sie fröhlich.

»Ich möchte Sie beide freundlich darauf hinweisen, dass ich anwesend bin«, sagte Lacroix. »Können wir gehen?«

Sie stiegen aus dem Wagen, und Romy Schneider wies ihnen den Weg. Ein rotes Haus mit weißen Balkonen. Am Fahnenmast wehte eine Flagge mit einem Ahornblatt.

»Es ist wirklich ein Clou«, sagte die Journalistin, und in diesem Moment begriff auch Lacroix.

Sie durchschritten das Tor, am Zaun eine Plakette mit der Aufschrift *Maison des étudiants canadiens,* und folgten Romy Schneider durch das Gebäude. Sie stiegen eine Treppe hinauf und kamen in ein Atrium. Auf einfachen Holzstühlen saßen eine junge Frau und drei Männer. Die Frau trug ein Kleid, die Männer die Uniform der Jugend: Jacken, darunter bedruckte Shirts, Jeans, Turnschuhe. Öde und teuer. Sie sahen irgendwie gleichgültig aus, wie sie da saßen, aber das war nur der erste Eindruck, aus der Nähe erkannte Lacroix, dass sie durchaus bedrückt wirkten.

»So, da wären wir. Gut, dass ihr alle da seid«, sagte Romy Schneider. »Es war richtig, dass ihr gestanden habt. Das ist Commissaire Lacroix von der Police nationale. Ich bitte euch, ihm zu erzählen, was ihr mir vorhin erzählt habt.«

Es herrschte tiefes Schweigen, niemand wollte den ersten Schritt machen.

»Messieurs-dames«, sagte Lacroix ungehalten, »das hier ist kein Spaß. Ich kann Ihnen sagen, dass wir in Frankreich die Polizeiarbeit sehr ernst nehmen. Und mir fehlt die Zeit, hier rumzustehen. Also, reden Sie.«

Es war ein schüchtern wirkender junger Mann, der leise zu sprechen begann: »Er kam hierher, in eine Bar um die Ecke, wo wir immer hingehen, wenn wir nicht studieren. Also eigentlich immer.« Ein Lächeln umspielte seinen Mundwinkel. »Er hat sich an unseren

Tisch gesetzt«, er wies auf die zwei Männer neben sich, »hat jedem ein Bier hingestellt und einen Hunderter daruntergelegt. Es wirkte so cool, und wir haben echt nicht viel Geld. Paris ist so teuer.«

»Wer war der Mann?«

Die junge Frau antwortete. »Der Typ auf dem Foto, das sie uns gezeigt hat.« Sie sah Romy Schneider an, die nickte.

»Sie haben Maurice Lefèvre eindeutig identifiziert«, sagte sie zu Lacroix und Rio.

»Was hat er gesagt?«

»Er hat uns 100 Euro gegeben, als Anzahlung, und gesagt, dass noch zwanzigmal so viel drin ist – für jeden.«

»2000 Euro pro Person?«

»Genau. Zehntausend insgesamt.«

»Was sollten Sie dafür tun?«

»Für die Anzahlung sollten wir uns bewerben. Um einen Platz in der Jury bei diesem merkwürdigen Wettbewerb.«

»Wir haben nicht lange überlegen müssen. Kann ja nicht so schwer sein, was soll schon schiefgehen?«, sagte die Frau leise lächelnd. »Die spinnen doch, die Franzosen, habe ich gesagt.«

»Also haben wir uns online beworben. Einfach so, Name, Adresse, Foto. Hat keine fünf Minuten gedauert.«

»Eine Woche später hatten wir die Bestätigung. Es war unglaublich.«

»Sie waren zu fünft?«

»Ja. Franck ist schon abgereist. Er hatte Schiss, als er von dem Tod des Bäckers gehört hat, und ist zurück nach Québec.«

»Sie sind alle zur Wahl gegangen?«

»Klar. Da waren 2000 Euro drin.«

Lacroix überlegte einen Moment, dann schlussfolgerte er: »Er hat Sie gefragt, weil Sie im Stadtgebiet wohnen, eine Pariser Adresse haben, und weil Sie alle Französisch sprechen – alles Bedingungen für die Teilnahme.«

»Genau«, sagte Romy Schneider, »und so fielen sie auch nicht weiter auf.«

»Sie haben während der Verkostung nicht gesprochen, damit niemand ihren Akzent bemerkt.«

»Das waren seine Bedingungen«, sagte die Frau. »Wir sollten nicht reden und durften nach der Bekanntgabe des Siegers nicht mit zum *dîner*. Punkte eintragen und fertig.«

»Nun kommen wir zum eigentlich spannenden Punkt. Woher wussten Sie, welches Baguette wie viele Punkte bekommen soll?«

Es war das erste Mal, dass die jungen Männer sich nervöse Blicke zuwarfen, die Frau sah aus dem Fenster. Von draußen hörte Lacroix den Verkehr auf dem Boulevard Jourdan. Entscheidende Minuten waren das. Es war der schüchterne Junge, der ganz beflissen antwortete, den Kopf hochgereckt, als stünde er im Hörsaal und halte ein Referat.

»Wir haben uns zwei Tage vor der Wahl noch mal in derselben Bar getroffen. Er hat uns alles erklärt und

Fotos mit Detailaufnahmen mitgebracht, damit wir wissen, worauf wir achten müssen. Er hat uns gezeigt, wie er die Baguettes mit Mehl bestäuben wollte: in einer bestimmten Form, die vier aufeinanderliegenden L gleichkommen sollte. Die Enden der Baguettes sollten sehr spitz zulaufen. Das Wichtigste aber war ihm diese Bestäubung, darauf sollten wir achten.«

»Er hat echt genervt, hat überhaupt nicht aufgehört zu reden. Er wollte auf Nummer sicher gehen«, ergänzte ein anderer Junge.

»Dabei hatten wir das längst verstanden. Sophie hier«, er wies auf das Mädchen, das das Gesicht verzog, »hat zu Beginn der zweiten Runde sofort das richtige Baguette erkannt. Sie hat mir die Nummer zugeflüstert, und ich habe sie Alain und Franck gesagt. Wie stille Post, keiner hat etwas gemerkt.«

»Die Nummer 13, das werde ich nie vergessen«, sagte der Junge, der wohl Alain war.

Lacroix betrachtete Rio und die Journalistin, beide waren voller Erstaunen über Maurice Lefèvres Betrug, der so einfach war und doch so genial.

»Mademoiselle, wie sind Sie auf genau dieses Baguette gekommen? Doch nicht, weil er Ihnen ein Foto gezeigt hat.«

Für einen Moment sagte niemand etwas.

»Es gibt da eine Sache … Er hat nicht geglaubt, dass wir es hinkriegen. Wir sind alle getrennt zu der Wahl gefahren, als Vorsichtsmaßnahme, damit uns niemand zusammen sieht. Monsieur Lefèvre hatte mich aber am Vorabend noch mal angerufen. Wir haben uns eine

Stunde, bevor die Veranstaltung begann, in einer Bar an der Place d'Italie getroffen. Das liegt genau an der Linie 7, die ich danach bis Sully-Morland fuhr, um zum Bäckerverband zu kommen. Wir trafen uns in einer Bar. Er hatte an dem Morgen zwei Brote gebacken, die absolut identisch waren, vom Mehl, von der Form, alles. Eines hatte er zur Wahl gebracht, das andere zeigte er mir. Ich befühlte es, prägte mir alles ein, studierte es. Er wollte, dass es klappt, hundertprozentig, Mann, der war manisch. Er hat mir tausend Euro mehr gegeben. Und er hat recht behalten. Es hat funktioniert. Ich habe die 13 sofort erkannt.«

»Sophie, was soll denn das?«, fragte Alain.

»Ein Tausender mehr, da kann ich ja wohl nicht Nein sagen!«, antwortete sie schnippisch. »Mein Alter stopft mir die Kohle nicht so in den Arsch wie deiner.«

»Wie wirkte er auf Sie, Mademoiselle?«

»Er war fix und fertig. Seine Haare hingen strähnig herab, sein Gesicht war rot, und er war vollkommen nass geschwitzt. Seine Klamotten stanken, als hätte er die über Nacht nicht gewechselt. Er war vollkommen in seinem Film, wollte um jeden Preis gewinnen, als hinge sein Leben davon ab.«

Sie überlegte einen Moment. »Wir trennten uns dann, und ich bin mit der Metro in die Innenstadt gefahren. Er kam eine Stunde später in den Raum und war ein vollkommen anderer Mensch: sauberer Anzug, frisch geduscht, ein Lächeln auf dem Gesicht. Ich habe ihn fast nicht wiedererkannt.«

»In der Pause steckte er uns die Umschläge zu, wir

hatten ihm ein Zeichen gegeben, dass wir sein Baguette erkannt hatten. Wieder hat niemand etwas bemerkt.«

»Vielen Dank, Messieurs-dames«, sagte Lacroix. »Weil Ihr Freund schon zurück nach Kanada gereist ist, muss ich auch Sie fragen: Planen auch Sie, Paris in nächster Zeit zu verlassen?«

»Nein.« Das Mädchen schüttelte den Kopf. »Das Semester endet erst in zwei Monaten.«

»Gut, es könnte sein, dass Sie Ihre Aussage vor dem Staatsanwalt wiederholen müssen.«

»Können wir denn das Geld behalten?«

Lacroix sah Rio an.

»Ich wüsste nicht, was dagegenspricht. Sie haben nichts Illegales getan. *Au revoir*, wir melden uns bei Ihnen.«

Er stand auf und verließ den Raum, Rio und Romy Schneider folgten ihm.

»Unglaublich«, sagte Rio.

»Glauben Sie, ich locke Sie wegen einer Nichtigkeit hierher?« Der Stolz in Romy Schneiders Stimme war nicht zu überhören.

»Können Sie kurz still sein, bitte?«, knurrte Lacroix. »Ich habe Hunger, und ich muss nachdenken. Capitaine Rio, bitte fahren Sie uns ins Chai. Dort reden wir.«

Sie stiegen ein und fuhren los. Diesmal schien selbst Rio Rücksicht auf Lacroix' Gedanken zu nehmen, sie bremste rechtzeitig, nahm die Kurven nicht nur auf zwei Rädern und hielt sogar an roten Ampeln. So kamen sie erst nach dreißig Minuten am Chai an, der

Verkehr in die Stadt war dicht, an der Place Monge gab es seit Wochen eine Baustelle, die die Autos auf eine Spur zwang.

Während der ganzen Fahrt sprach Lacroix kein Wort. Er sah aus dem Fenster, betrachtete die Autos, die nur im Schritttempo vorankamen. Eine dicke Wolkendecke lag schwer über der Stadt, es war wie ein Herbsttag im April.

15

Lacroix hatte *tartare* für sie bestellt, dazu eine Flasche leichten Weißwein. Nun saßen sie über die Teller gebeugt und hingen ihren Gedanken nach. Yvonne hatte gespürt, wie hungrig ihre Gäste waren, und ihrem Gatten in der Küche ordentlich Feuer gemacht. Wenige Minuten nach ihrer Ankunft stand das fein gehackte Rinderfilet auf dem Tisch, unangemacht, so wie Lacroix es am liebsten mochte. Als gäbe es in diesem Moment nichts Wichtigeres, gab Lacroix in aller Ruhe Kapern, Zwiebeln, kleine Gurkenstückchen, rohes Eigelb, Senf, Worcestersauce und Tabasco hinzu. Erst als er die letzten krossen Pommes aß, die im Chai zum *tartare* serviert wurden, hob er endlich den Kopf und bemerkte, dass die beiden Frauen längst fertig waren und ihn gespannt anblickten.

»Wie merkwürdig das immer ist, wenn man mitten in Dingen steckt, die vorher niemand für möglich gehalten hätte.«

»Das können Sie wohl sagen, Commissaire. Darf ich heute schon darüber schreiben?«

Er zuckte mit den Schultern. »Wie sollte ich Sie davon abhalten?«

Romy Schneider sah ihn entrüstet an, ihre Stimme war eine Spur zu hoch.

»Ach, Commissaire Lacroix, was soll denn das? Ich

habe Ihnen doch wirklich geholfen, und nun hätte ich gern, dass auch Sie mir helfen. Das ist doch nur fair.«

Der Commissaire nahm einen Schluck von seinem Wein, dann sah er sie an, lächelnd:

»Sie haben recht. Mit Ihnen an einem Tisch, das ist eine neue Situation für mich. Gut, sagen Sie mir, was passiert ist.«

Romy Schneider setzte sich aufrecht hin, dann räusperte sie sich und begann leise, damit sie niemand an den umliegenden Tischen hören konnte:

»Was wir sicher wissen: Maurice Lefèvre ist kein ehrenwerter Handwerker, sondern der größte Betrüger, den Paris in den letzten Jahren erlebt hat. Der zweite Sieg in Folge war kein Zufall, kein Glück, sondern eiskalte Berechnung. Er hat sich kanadische Studenten gesucht, sie bestochen und ihnen gezeigt, wie sie bei der Verkostung sein Baguette erkennen. Was wir noch nicht wissen: Wie ist es ihm gelungen, dass ausgerechnet diese Studenten bei der Auslosung gewonnen und einen Platz in der Jury bekommen haben? Ich werde Nachforschungen im Rathaus und beim Bäckerverband anstellen. Er muss einen Komplizen gehabt haben, und den will ich finden.« Sie gab sich kämpferisch, ihre Augen verengten sich zu schmalen Schlitzen. »Zudem, das will ich hinzufügen, wirft dieser Betrug auch einen Schatten auf den ersten Sieg. Wer sagt uns denn, dass Lefèvre letztes Jahr nicht schon etwas Ähnliches abgezogen hat?«

Lacroix nickte, dann sagte er: »Ich gehe bei allem mit, außer bei Ihrer letzten These. Ich habe keine Beweise, aber die bisherigen Zeugenaussagen sprechen dafür, dass Monsieur Lefèvre sich erst nach dem ersten Sieg verändert hat.«

»Gut. Und dennoch habe ich nicht ganz verstanden«, sagte Rio, »wie er sicher sein konnte, dass sein Baguette gewinnt. Er hatte ja nur sechs der insgesamt dreizehn Jurymitglieder in der Tasche, die fünf Studenten und sich selbst.«

»Rein mathematisch ist eine Manipulation viel leichter, als man annehmen könnte«, sagte Lacroix. »Deshalb fiel Lefèvres Sieg auch so hoch aus.«

Romy Schneider stimmte ihm zu: »Ich verstehe, worauf Sie hinauswollen, Commissaire. Denn es ist ja so: Es hat nicht jedes Jurymitglied nur eine Stimme, sondern jeder Einzelne bewertet jedes Baguette. Man kann null Punkte vergeben oder einen, zwei, drei bis zur Höchstwertung von vier. Nehmen wir also an, dass auch die anderen Jurymitglieder, die nicht am Betrug beteiligt waren, das Baguette mit der Nummer 13 nicht mit null Punkten bewertet haben – warum sollten sie auch? –, dann würde die Rechnung aufgehen.«

»Wenn wir endlich die Abstimmungsergebnisse haben, dann haben wir Gewissheit«, sagte Rio.

»Vielleicht brauchen wir die gar nicht mehr«, sagte Lacroix leise. »Die sechs Eingeweihten müssten nur dem eigenen Baguette, der Nummer 13, vier Punkte geben und allen anderen keinen. Schon ist der Vorsprung zum Zweitplatzierten sehr hoch.«

»Dem Baguette von Monsieur Moeller«, fügte Rio nickend hinzu.

»Der gewonnen hätte, wenn es den Betrug nicht gegeben hätte«, sagte Romy Schneider.

»So ist es«, bestätigte Lacroix. »Ich bitte Sie um eines, Madame Schneider. Schreiben Sie über den Betrug, aber nennen Sie mich nicht als Quelle. Berichten Sie, wie Sie die Studenten gefunden haben. Und noch eines: Nennen Sie nicht Monsieur Moeller.«

»Wieso nicht?«

»Weil ich ihn ... egal, ich brauche noch einen Tag Ruhe.«

Sie sah ihn an, er spürte ihre Fragen. Dann entschied sie.

»Okay. Aber morgen bekomme ich mein Statement von Ihnen.«

»Morgen«, sagte Lacroix und stand auf, »morgen. Fahren wir, Rio?«

»Commissaire«, rief die Journalistin, als er schon fast an der Bar stand, um zu bezahlen.

»Ja?«

»Guy Fauquet möchte Sie treffen. Morgen früh um neun im Bristol.«

»Im Bristol?«

»Die Restaurantkritiker haben eine andere Spesenlinie als wir Polizeireporter.«

»Deshalb sind Sie heute auch eingeladen.«

Gerade als er das Chai verlassen wollte, hörte er Yvonne rufen: »Commissaire?« Sie hielt ihm den Hörer hin. *»Sa femme«*, formten ihre Lippen.

Lacroix schlug die Stirn in Falten. *»Oui?«*

»Commissaire, hier ist Madame Lefèvre, verzeihen

Sie die Störung. Der Kollege in Ihrem Büro, Monsieur Paganelli, hat mir gesagt, dass ich Sie unter dieser Nummer erreichen kann.«

»Natürlich, Madame, Sie stören nicht.«

»Ich weiß auch nicht«, sagte sie leise, »ich finde keine Ruhe. Es gibt so gar keine Neuigkeiten. Wie steht es um Ihre Ermittlungen? Wissen Sie schon, wer es war? Ich sorge mich ...«

Entgegen seiner Gewohnheiten wurde Lacroix sehr deutlich: »Wir sind nah dran, Madame, bald werden wir Gewissheit haben. Ich bitte Sie, sich noch zu gedulden. Und ich denke, Sie müssen sich keine Sorgen machen, Ihnen droht keine Gefahr.«

16

Seit einer Stunde saß Lacroix hinter seinem Schreibtisch und betrachtete die Fotos an der Scheibe zum Großraumbüro. So langsam wurde es unübersichtlich. Lacroix bestand dennoch darauf, dass alle Befragten hier hingen. Nicht, weil er den Restaurantkritiker Guy Fauquet oder Sophie, die kanadische Studentin, für tatverdächtig hielt, sondern weil er die Menschen in Beziehung zueinander setzen wollte und sich besser an die Vernehmungen erinnern konnte, wenn er ihre Gesichter vor Augen hatte.

»Excusez-moi«, rief er nach weiteren fünf Minuten, vielleicht waren es auch zehn. »Könnten Sie bitte mal beide herkommen?«

Gleich darauf standen Rio und Paganelli in seinem Büro.

»Können Sie mir die Liste mit den Alibis der Jurymitglieder geben?«

Rio verschwand und kam gleich darauf mit einem Ausdruck wieder.

»Alle Jurymitglieder haben ein Alibi.«

»Alle?«

»Ja, sogar der dicke Lemaire. Seine Frau hat ausgesagt, dass er neben ihr im Bett gelegen und geschnarcht habe. Der Wein im Vagenende war wohl zu gut gewesen. Es war ein herrliches Telefonat.«

»Und Monsieur Moeller? Wissen wir, wohin er gegangen ist, nachdem er das Vagenende verlassen hat.«

»Ich glaube, er hat ein Verhältnis mit einer seiner Verkäuferinnen«, sagte Rio. »Zumindest hat er ausgesagt, die Nacht bei ihr verbracht zu haben.«

»Gut. Danke. Können Sie dennoch mehr Druck machen bei den Netzanbietern? Wir brauchen jetzt dringend die Bewegungsprofile. Ich will wissen, wer zum Tatzeitpunkt wo war.«

»Wir sind dran, Commissaire. Sie wissen ja, der Richter ist nicht der Schnellste.«

»Die Abstimmungsergebnisse bin ich durchgegangen«, sagte Lacroix, »sie bestätigen unsere These: Sechs Jurymitglieder haben in allen Runden alle ihre Punkte nur dem Baguette mit der Nummer 13 gegeben und alle anderen mit null Punkten bewertet. Von den anderen Mitgliedern hat die 13 auch viele Punkte bekommen – es ist wohl einfach ein gutes Brot –, aber auch Moellers Baguette hat gut abgeschnitten, besser sogar. Nur hatte er gegen die Manipulation eben keine Chance. Lefèvre hatte einen Verbündeten in der Bäckerinnung, der dafür gesorgt hat, dass die Studenten ausgelost werden.«

»Es war ein genialer Plan.«

Lacroix sprach plötzlich lauter und drängender als gewöhnlich: »Aus dem Bauch, sagen Sie mir, wer es war.«

Rio sah den Korsen an, dann wieder den Commissaire.

»Bitte …«, sagte der nickend.

»Dany Moeller ist mir nicht geheuer.«

Lacroix nickte. »Commandant Paganelli?«

»Ich habe den Bäcker im Montmartre nicht erlebt. Ich habe ehrlich keine Idee.«

»Ich danke Ihnen. Wir sehen uns morgen.«

Er stand auf, griff zum Mantel und trat aus seiner Bürotür.

»Manchmal ist er echt merkwürdig, unser Maigret«, hörte er Paganelli sagen.

»Kannst du wenigstens warten, bis er raus ist?«, flüsterte Rio, doch er konnte hören, wie sie dabei lächelte.

Lacroix durchquerte das Großraumbüro, nahm die erste Treppe, verließ das Kommissariat aber noch nicht. Stattdessen ging er in das kleine Museum im dritten Stock, das Musée de la préfecture de police.

Er ging an der Polizistin vorbei, die an einem kleinen Tisch saß und die Besucher hereinließ. Sie grüßte freundlich, sprach ihn aber nicht an. Seine gelegentlichen Besuche wurden zur Kenntnis genommen, aber nicht kommentiert. Man ließ ihn in Ruhe.

Lacroix schritt durch die Ausstellung, betrachtete die dreihundert Jahre alten Uniformen. In einer Vitrine lagen Karabiner, Gewehre und Schlagringe – all die Gewalt, die es schon vor so langer Zeit gegeben hat und die ihm so fremd war. An der Wand hingen Ausschnitte aus alten Pariser Zeitungen, Berichte über Verbrechen aus dem 19. Jahrhundert. Eine Zeit, die einem rückblickend so friedlich und berechenbar vorkam. Diese Artikel lehrten einen das Gegenteil.

Im hinteren Teil, gleich neben der Guillotine, stand eine Glasvitrine, darin ein Taxameter einer alten Pariser Droschke. Lacroix kannte die Geschichte dahinter: Seine Kollegen vor bald hundert Jahren hatten den Fahrer verhaftet, weil er das Gerät manipuliert hatte, um mehr Geld für seine Fahrten zu erhalten.

Der Commissaire seufzte. Schon immer hatten Menschen betrogen, um sich einen wirtschaftlichen Vorteil zu verschaffen. Doch bei Lefèvre ging es um etwas anderes. Geld war nicht sein Antrieb, das spürte Lacroix.

Er gab sich einen Ruck und ging die paar Schritte zum Ausgang.

»*Bonne soirée*«, murmelte er.

»Einen schönen Abend«, erwiderte die Polizistin.

Antworten
im Palast

17

Lacroix hatte den Wecker nicht gehört und wachte erst auf, als Dominique ihn am Arm rüttelte.

»Herrje, wenn du schon am Wochenende um diese unchristliche Zeit aufstehen musst, dann wenigstens ohne mich zu wecken …«

Er öffnete die Augen, das Zimmer lag in vollkommener Dunkelheit. Es war erst halb fünf Uhr. Er erinnerte sich, warum er den Wecker so früh gestellt hatte.

»Verzeih mir. Schlaf weiter, *chérie*.«

Lacroix hatte tief geschlafen, ganz anders als in den vorangegangenen Nächten. Ein untrügliches Zeichen: Sein Unterbewusstsein hatte die Kontrolle über den Fall übernommen.

Er stand auf und wusch sich, zog sich an, dann verließ er das Haus. Noch war kein Café geöffnet, nirgendwo war ein anderer Mensch zu sehen. Also ging er durch die schlafende Stadt, seine Schritte hallten von dem kalten Asphalt wider, ein Echo in dunklen Straßen.

Sein Weg führte ihn aus den kleinen Gassen des Siebten am Hintereingang der Nationalversammlung vorbei, dann ging er auf dem breiten Boulevard Saint-Germain weiter. Sofort veränderte sich das Bild, die Straße wurde belebter, die letzten Nachtbusse fuhren und die ersten Taxis des Morgens, wahrscheinlich

Reisende, die hinaus nach Orly gebracht wurden. Aus den Bürogebäuden traten Reinigungskräfte, die die Reste der Arbeitswoche beseitigt hatten, müde nach der nächtlichen Arbeit und dennoch mit einem Lächeln, einem Nicken.

An der Metrostation Saint-Germain-des-Prés ging er nach rechts, wieder nach links, betrat die Rue de Seine zu der Uhrzeit, in der Maurice Lefèvre wohl am häufigsten hier gewesen war. Die beiden seitlichen Rollläden der Boulangerie waren noch heruntergelassen, nur der mittlere war halb hochgezogen, drinnen brannte Licht.

Lacroix bückte sich und klopfte gegen die Scheibe, mehrfach, es klang unglaublich laut in der schmalen Straße.

Sekunden später wurde der Rollladen hochgezogen, das metallische Quietschen, das jeder Pariser kennt. Carl Fofanas Gesicht blickte durch die Scheibe, seine Augen weit geöffnet, er war sichtlich überrascht über die frühe Störung.

»Commissaire«, sagte er, nachdem er den Schlüssel im Schloss gedreht und die Tür geöffnet hatte.

»Guten Morgen, Monsieur«, antwortete Lacroix. »Darf ich?« Er wartete die Antwort nicht ab, sondern schob sich an dem verdutzten Bäcker vorbei und ging voraus in die Backstube.

Der große Senegalese folgte ihm.

»Bitte«, sagte Lacroix und blieb vor der Arbeitsplatte stehen, auf der ein großer Teigballen lag. »Ich will Sie nicht stören, machen Sie ruhig weiter.«

Carl Fofana tat, wie ihm geheißen, knetete den Teig und begann dann, die Baguettes in Form zu bringen. Immer wieder nahm er ein kleines Stück Teig, mehlte es ein, walkte es und formte es zu einem länglichen Brot. Die Hände befeuchtete er dabei in einer Schüssel mit Wasser.

»Hören Sie auf, mir von Ihrem glücklichen Chef zu erzählen, Monsieur Fofana. Sagen Sie mir die Wahrheit. Was war hier los im letzten Jahr, nach dem ersten Sieg?«

Der Bäcker blickte nicht auf, sondern knetete weiter den Teig, doch jetzt schien er ihn regelrecht zu schlagen, drückte und quetschte ihn so fest, dass die Knöchel seiner Hände weiß leuchteten. Dann begann er leise zu sprechen, seine Stimme fast übertönt vom Knistern im Ofen.

»Wissen Sie, Commissaire, für mich gibt es nur das hier: Mehl, Salz, Hefe, Wasser. Mehr nicht. Ich wusste von Anfang an, dass ich nichts anderes machen will. Ich will dieses Metier durchdringen. Für mich macht das alles einen Unterschied: Wie ist das Mehl, woher kommt es? Welches Wetter ist draußen?« Er hielt inne und sah Lacroix an. »Wussten Sie das, Commissaire? Wenn es kalt ist, wie heute, dann brauche ich warmes Wasser zum Kneten, im Sommer, wenn es heiß ist, nehme ich kaltes Wasser. Die Menschen wissen das nicht. Sie beschweren sich nur, wenn ihr Baguette zu weich ist, oder sie essen acht Scheiben mit Senf drauf, weil es außen so knusprig und innen so luftig ist.«

Lacroix schwieg und ließ ihn erzählen, seine Augen tanzten über den Teig.

»Das ist alles, was mich interessiert hat, kein Geld, keine Preise. Ich wollte immer mehr lernen. Bis heute. Jeden Tag. Deshalb war Maurice der beste Lehrmeister, den ich mir wünschen konnte. Denn er war genauso.«

»Sie reden nicht in der Vergangenheit von ihm, weil er tot ist, oder?«

Fofana schüttelte traurig den Kopf. »Nein, ehrlich gesagt nicht.« Er unterbrach seine Arbeit, betrachtete den Teig und hob dann den Kopf. »Verzeihen Sie, ich muss mich beeilen.«

Er griff zum Brotschieber, schob ihn unter eine Reihe von Baguettes und öffnete mit der anderen Hand den Ofen. Der massive Holzstab wirkte in seiner Hand wie ein Zahnstocher.

»Er war völlig verändert. Nicht gleich, also nicht am Tag eins nach dem Sieg. Es waren vielleicht so zwei oder drei Monate. Erst war er unpünktlich, wenn unsere Schicht begann, dann kam er manchmal betrunken, dann gar nicht.«

»Das merkte man den Produkten an?«

»Klar, seine Brote hätten keinen Preis mehr gewonnen, nicht mal die Goldene Ananas. Aber ich war ja fast jede Nacht da.«

»Haben Sie ihn darauf angesprochen?«

Traurig schüttelte er den Kopf. »Ich kam nicht mehr an ihn ran. Wir waren keine Kumpanen mehr, die in ihren Träumen das perfekte Baguette buken. Er hatte es gebacken – und das ließ er mich spüren. Er war der

Boss, ich der Bäcker. Seine Frau war genauso unerträglich. An manchen Tagen schwebte er über allem, hat nur von seinem Sieg gesprochen, am nächsten war er wieder geradezu rabiat zu allen, besonders zu den Auszubildenden. Und es wurde immer schlimmer, je näher der nächste Termin der Wahl rückte.«

»Wieso?«

»Er war geradezu besessen von der Idee, den Titel zu verteidigen. Und geradezu paralysiert von der Angst, ihn verlieren zu können. Sein größter Konkurrent war Dany Moeller. Er hasste ihn, aber das beruhte wohl auf Gegenseitigkeit.«

»Haben Sie …«, begann Lacroix, aber Fofana unterbrach ihn.

»Einmal habe ich ihn nachts in der Ecke dort sitzen sehen. Er hat in die Ferne gestarrt, und die Tränen liefen seine Wangen herunter. Er war ein Haufen Elend.«

»Haben Sie gestritten?«

»Nein«, Fofana lachte auf. »Was glauben Sie denn, Commissaire, er war eine Respektsperson für mich, durch und durch, selbst dann noch, als er scheinbar jeden Respekt vor sich selbst verloren hatte.«

»Wo waren Sie in der Nacht, als Maurice Lefèvre starb?«

»Zu Hause natürlich. Mittwochs haben wir Ruhetag, dann kann ich endlich mal ausschlafen.«

»Gibt es dafür Zeugen? Entschuldigen Sie, ich muss Sie das fragen.« Lacroix' Intuition sagte ihm, dass Carl Fofana nichts mit dem Mord zu tun hatte, aber er wollte nichts übersehen.

»Meine Frau. Ich kann Ihnen ihre Nummer geben.«

»Sie wissen, dass Lefèvre die Wahl manipuliert hat?« Lacroix hatte in seinem Leben schon so viele Menschen verhört, dass er oft genug im Vorfeld wusste, wie sie reagieren würden. Bei dieser Frage aber hatte er ins Blaue geschossen. Monsieur Fofana wirkte sehr ehrlich, dennoch war Lacroix sich nicht sicher. Aber als er den Bäcker jetzt seinen Kopf senken sah, wusste er Bescheid.

»Ich habe geahnt, dass er etwas im Schilde führte. Er hat wieder nächtelang gebacken. Es sah aus, als würde er etwas testen. Ich habe mir die Baguettes angesehen, die im Müll lagen. Sie sahen alle gleich aus. Hat er so ein genormtes Baguette gebacken und eingereicht?«

Lacroix nickte. Fofana würde es ohnehin aus der Zeitung erfahren. »Und vorher ist es ihm gelungen, die Auswahl der Jurymitglieder zu beeinflussen.«

Der Bäcker wurde blass, seine Hände zitterten. »Armer Maurice, armer verirrter Maurice«, sagte er leise.

»Haben Sie ihn auf Ihre Beobachtungen angesprochen?«

»Ich habe einmal all meinen Mut zusammengenommen und ihm gesagt, dass er sich nur melden müsse, wenn er Hilfe brauche. Aber er hat nur gelacht und gesagt, dass es ihm noch nie so gut gegangen sei. Und dass bald alles ein Ende habe.«

»Was hat er damit gemeint?«

Carl Fofana zuckte die Schultern. »Ich weiß es nicht. Er hätte die Bäckerei niemals zugemacht. Ich weiß es nicht …«

»Vielen Dank, Monsieur. Obwohl es mir geholfen hätte, wenn Sie all das früher gesagt hätten.«

»Das wollte ich auch. Aber er hat noch dagelegen, in der Backstube, ich wollte sein Andenken nicht beschmutzen. Er war doch … ja, er war doch mein Freund.«

Lacroix verabschiedete sich und verließ die Bäckerei. In der Hand ein ofenwarmes Croissant, ohne das der Bäckermeister ihn nicht gehen lassen wollte.

Es war mittlerweile heller Tag, die Anwohner traten aus ihren Häusern, an der Metrostation Saint-Germain-des-Prés strömten die Flaneure des Wochenendes die Treppe hinauf. Die Sonne erhob sich eben hinter einer Häuserlücke, es würde wärmer werden als gestern.

Ein Blick auf die Uhr, keine Zeit für einen *café* im Chai. Er wandte sich nach Westen. An der Ecke Rue du Bac stieg er in den überfüllten 84er-Bus – Familien fuhren gen Jardin du Luxembourg, Frauen mit vollen Einkaufstüten nach Hause – und hielt die Enge nur mit Mühe aus.

Der Bus überquerte die Seine über den Pont de la Concorde, der Anblick der sanft schaukelnden Schiffe, die auf die Touristen warteten, besänftigte Lacroix. Am Obelisken stieg er aus und ging in die Rue du Faubourg Saint-Honoré. Die Straße, die am Boulevard Haussmann begann, galt nicht nur als eine der berühmtesten Einkaufsstraßen der ganzen Welt mit Filialen aller Luxus-Modemarken, auch der französische Staatspräsident residierte hier, im Élysée-Palast, einem altehrwürdigen Bau aus dem 17. Jahrhundert, der in seiner illustren Geschichte sogar schon ein Luxusbordell war. Lacroix hatte Dominique schon häufig zu Empfängen begleitet, und besonders hatte ihn stets der weitläufige Park des Palastes begeistert.

Drei Minuten Fußweg später kam erst die gewaltige Trikolore in den Blick, dann begann das lang gezogene zweistöckige Gebäude aus grauem Stein. Beinahe schmucklos wirkte es, aber nur fünfzig Meter weiter stand dann der große Rundbogen mit dem fein verzierten Zaun, der das Portal bildete, an den Seiten der Stuck mit den Insignien der Macht.

Lacroix nickte dem Soldaten in der Paradeuniform zu, der das Tor bewachte. Auf der anderen Seite stand ein Polizist im weißen Hemd und Krawatte. Er salutierte sofort, als er Lacroix erkannte.

Als der Commissaire einen Blick in den Hof des Palastes warf, kam ihm ein Gedanke. Er hatte ihn lange nicht mehr angerufen … Vielleicht … Später, mahnte er sich, ärgerlich beinahe, dass ihm diese alte Bekanntschaft erst jetzt eingefallen war. Noch ärgerlicher war, dass er nicht gleich haltmachen konnte, sondern erst zu seiner Verabredung musste. Was erhoffte er sich von diesem Journalisten?

Hinter der nächsten Straßenecke entdeckte er die rot-weißen Markisen. Das Luxushotel war eben saniert worden, die Fassade glänzte hell, die schmiedeeisernen Balkongeländer waren frisch gestrichen. Das

Gebäude strahlte noch mehr als das Élysée. Doch Lacroix kannte die Übernachtungspreise im Bristol und wusste, dass die mondänen – oder neureichen – Gäste diesen Glanz erwarteten.

Der Page in der schwarzen Uniform half ihm durch die Drehtür, und Lacroix betrat die Lobby. Er wollte sich eben der Bar zuwenden, da kam ihm schon ein kleiner Mann entgegen, der auf einem der Sessel neben der Rezeption gewartet und die Tür offenbar nicht aus den Augen gelassen hatte. Er war sofort aufgesprungen, kaum hatte er Lacroix erblickt, kam herübergelaufen und versuchte dabei vergeblich, sein Humpeln zu überspielen.

Lacroix hatte schon häufiger Fotos in der Zeitung gesehen, sie waren sich aber noch nie persönlich begegnet. Er war das komplette Gegenteil von dem, wie Lacroix sich einen Restaurantkritiker vorstellte.

»Commissaire?«, fragte er und nickte schon, er hatte keinen Zweifel, Lacroix erkannt zu haben.

»Monsieur Fauquet«, sagte Lacroix.

Der Kritiker hatte keine Anstalten gemacht, sich vorzustellen. Stadtprominenz traf auf Stadtprominenz, so war wohl sein Gedankengang gewesen. Der Mann im zweifellos teuren Maßanzug trug eine kleine Brille mit Goldrand, seine Haut war tiefbraun, die wenigen grauen Haare hatte er sich über den Kopf gekämmt. Am linken Fuß trug er einen schwarzen Budapester, der andere aber war dick bandagiert und steckte in einem Pantoffel. Der Mann in den späten Fünfzigern war sehr schlank, beinahe dünn. Lacroix ertappte sich bei der Frage, wie Fauquet seinen Beruf ausüben könne – sicher würde er immer nur winzige Bissen zu sich nehmen und den Rest zurückgehen lassen.

Ohnehin war kaum anzunehmen, dass irgendein Restaurantbesitzer zwischen Lille und Antibes Guy Fauquet nicht erkennen würde. Zu bekannt war seine Kolumne im *Parisien* und zu unverwechselbar das Erscheinungsbild des Kritikers.

»Bitte«, sagte Monsieur Fauquet, »setzen wir uns. Ich hoffe, Sie haben bereits gefrühstückt? Ich esse gewöhnlich nichts bis zum Mittag.«

Er ließ sich in dem Sessel nieder, Lacroix setzte sich daneben. Auf dem kleinen Tisch stand ein Glas mit purem Zitronensaft, daneben ein Kännchen mit heißem Wasser.

»Das Geheimnis für ein langes Leben«, sagte Fauquet, als er Lacroix' Blick bemerkte.

Der Commissaire erschrak fast, als plötzlich wie aus dem Nichts ein Kellner neben ihm stand, der sich lautlos angeschlichen hatte.

»Einen *café crème,* bitte. Und kann ich ein Croissant bekommen?«

»*Bien sûr,* Monsieur.« Der junge Mann eilte davon.

»Der unselige Maurice«, sagte Fauquet, seine Miene zunächst traurig, dann wütend. »Ich wusste, dass etwas nicht stimmte, aber ich hätte nicht gedacht, dass es so endet.«

»Wie meinen Sie das, Monsieur Fauquet?«

»Commissaire, wir beide sitzen doch im selben Boot. Die Menschen lieben Klischees, sie wollen jeden in eine Schublade stecken. Bei Ihnen ist es dieses Maigret-Ding, das Ihnen die Presse verpasst hat: der eigenbrötlerische Commissaire, der sich kleidet, als wäre es noch 1920; der die Menschen kennt wie kein anderer. Und ich? Bin der eitle Gockel, der nur mit der Schickeria verkehrt und dessen Anzüge genauso teuer sind wie die Menüs, die er allabendlich verschlingt. Und die Wahrheit ist doch, dass diese Klischees gar nicht so verkehrt sind – nur ist da eben noch viel mehr.«

Der Kellner kam zurück und stellte die Tasse und den Teller vor dem Commissaire ab.

»Das Geheimnis für ein glückliches Leben«, sagte Lacroix mit einem leichten Lächeln und biss genüsslich in sein Croissant.

»Bon appétit.« Fauquet ging nicht weiter auf die kleine Spitze ein. »Natürlich treffe ich in den Restaurants, in die ich gehe, die sogenannten Schönen und Reichen. Aber diese Menschen sind mir zuwider. Mir liegen die *maîtres* viel mehr, die diese Wunderwerke für mich kochen, oder die Produzenten, die all die Gourmandisen herstellen. Und das sind keine Snobs, ganz im Gegenteil. Es sind Menschen, die mit sich im Reinen sind, die in sich ruhen. Die ihren Produkten und ihrem Ruf vertrauen, ja, ihrem Können. Maurice war einer von ihnen. Ich kenne ihn schon lange, wie ich viele Bäcker in Paris kenne.«

Lacroix trank einen Schluck von seinem *café,* ehe er sagte: »Und dann veränderte er sich, richtig?«

»Ich weiß, dass Sie das schon wissen, Sie ermitteln ja schon drei Tage. Es tut mir auch sehr leid, dass wir uns erst jetzt treffen, aber an dem Abend in Lyon war ich wohl nicht ganz so asketisch wie sonst, der letzte Rotwein hätte nicht ... Nun ja, lassen wir das.« Er winkte ab. »Ja, nach dem Sieg war er ein völlig anderer. Aber dass es so enden wird, hätte man doch nicht ahnen können!«

Er machte eine Pause, sah in der Lobby umher, als suche er jemanden.

»Herrgott«, sagte Lacroix auf einmal sehr laut, sodass das Pärchen am Nachbartisch erschrocken herübersah. »Ich höre jetzt seit drei Tagen, dass sich der Mann verändert hat. Alle erzählen das Gleiche, und dennoch erzählt mir keiner etwas Konkretes. Was das bedeutet. Es ist ...«

Guy Fauquet zuckte zusammen und sah den Commissaire ängstlich an. Lacroix räusperte sich und lehnte sich in seinem Sessel zurück, als sei der Ausbruch nicht geschehen. Der Journalist richtete sich auf.

»Ich versuche, es zu erklären: Er hat sich für die andere Seite entschieden, für die Schickeria. So wirkte es zumindest auf mich. Ich habe Maurice plötzlich auf jeder Feier im Élysée getroffen, wo er sich sichtlich wohlzufühlen begann. Es war ein merkwürdiger Wandel: Am Anfang stand er in seiner Bäckerjacke in der Ecke und sah auf die speisende und feiernde Menge. Vier Wochen später trug er einen Anzug und tanzte in der Mitte. Das war wie eine Befreiung. Es war ...«

Eine Reisegruppe aus Japan ging mit lautem Getöse durch die Lobby. Sie zumindest entsprachen nicht dem Klischee der stillen Asiaten, dachte Lacroix unwillkürlich.

»... als hätte er sich neu erfunden«, fuhr Monsieur Fauquet fort. »Und dabei hat er sich neue Feinde gemacht. Wissen Sie, dieser Bäcker aus dem Norden ...«

»Dany Moeller ...«

»Genau«, sagte Fauquet schnell. »Monsieur Moeller und Maurice waren enge Freunde, beinahe Partner. Es gab sogar Fusionsgerüchte. Aber nach dem ersten Sieg von Lefèvre entfremdeten sie sich. Ich habe gehört, sie gönnten sich nichts mehr, es gab im Bäckerverband wohl offenen Streit. Und ich habe sie diskutieren sehen, nach der Preisverleihung. Es ging hoch her, draußen vorm Vagenende, sie haben darauf geachtet, dass es niemand mitkriegt, aber ich kann ganz gut Lippen lesen. Wissen Sie, meine Ex-Frau, sie ist ... Nun ja, ich habe jedenfalls gesehen, dass Moeller immer wieder gesagt hat: Betrug, Betrug, das war das Wort. Und dann hat Lefèvre ihn weggestoßen und ist abgehauen. Danach kam Moeller allein zurück ins Restaurant und hat dem Wein ehrlich gesagt allzu reichlich zugesprochen. Ich habe mir nichts dabei gedacht, aber dann, nach dem Mord, fiel es mir wieder ein.«

Lacroix nickte. Das passte zu Véroniques Aussage, ging sogar noch darüber hinaus. Die Dinge fügten sich endlich zu einem Bild.

»Wann ist Monsieur Moeller gegangen?«

»Ungefähr um elf. Wir sind zusammen raus. Ich habe ein Taxi genommen. Er wollte laufen.«

»Gut, hören Sie, ich muss telefonieren. Haben Sie ein Handy?«

Guy Fauquet schaute einen Moment verwundert drein, dann nahm er sein Telefon aus der Sakkotasche und gab es dem Commissaire.

»Das ist gar nicht gut«, sagte Lacroix, »für das Herz.« Dann betrachtete er das Gerät. »Wie funktioniert das?«

Der Journalist nahm es, wischte darauf herum und gab es ihm wieder. »Geben Sie die Nummer ein.«

Lacroix wählte und hielt sich das Handy ans Ohr. Rio antwortete nach Sekunden, wie immer.

»Kommissariat im fünften Arrondissement, Capitaine Jade Rio?«

»Hier ist Lacroix.«

»Endlich, Commissaire. Ich habe es schon dreimal im Chai versucht, aber auch Madame Abeille wusste nicht, wo Sie stecken.«

»Ich bin im Bristol.«

»Ich hole Sie sofort ab. Wir haben die Handyauswertung von Dany Moeller. Er war in der Tatnacht in der Nähe der Boulangerie Lefèvre, ungefähr um zwei Uhr. Wir müssen ihn sofort festnehmen.«

»Das trifft sich gut. Ich habe die Aussage eines Zeugen, der einen Streit zwischen Monsieur Moeller und Monsieur Lefèvre beobachtet hat. Hören Sie, Rio«, beeilte er sich zu sagen, ehe sie auflegen konnte. »Ich brauche noch eine halbe Stunde. Holen Sie mich …«, er blickte auf die Armbanduhr von Guy Fauquet, »um zehn Uhr vorm Élysée-Palast ab.«

»Soll ich die Festnahmeeinheit informieren?«

Lacroix überlegte nur kurz. »Das wird nicht nötig sein. Wir machen es selbst. Zehn Uhr. Bis dahin.«

»Verstanden, Commissaire.«

»Bis gleich.«

Er gab das Handy zurück, ohne aufzulegen.

»*Merci,* Monsieur Fauquet. Ich danke Ihnen. Ich muss gleich weg. Hier, bitte, zahlen Sie den *café*. Die Police nationale lädt ein.«

Er legte einen Zehneuroschein auf den Tisch, stand auf, hielt aber gleich darauf inne.

»Darf ich Sie um einen Gefallen in eigener Sache bitten? Schreiben Sie keine Kritik über das Fontaine de Mars. Es ist ohnehin immer so voll, und ich möchte nicht, dass es aussichtslos wird, dort einen Tisch zu bekommen.«

Dann wandte er sich um und ließ den verdutzten Kritiker sitzen.

Lacroix ging schnell zum Ausgang und lief die hundert Meter zurück bis zum Portal des Palastes.

»Commissaire Lacroix von der Kriminalpolizei«, sagte er zu dem Beamten. »Ich habe keinen Termin, aber ich muss dringend mit dem Leiter der Polizei des Präsidenten sprechen. Können Sie Monsieur Le Goff anrufen?«

Der Mann nickte und verschwand im Inneren des Vorbaus. Zwei Minuten später öffnete sich die schmale Tür im Zaun, und Lacroix trat ein ins Zentrum der Macht.

18

Pünktlich um zehn Uhr hielt der kleine Peugeot mit quietschenden Reifen vor dem Palast. Die beiden Polizisten am Eingang sahen beunruhigt auf. Als sie aber das Blaulicht auf dem Dach erkannten, winkte einer von beiden nur kurz und ließ den Kopf wieder sinken. Lacroix trat aus der Pforte und steckte die Pfeife in die Tasche. Er war noch einige Minuten im Hof des Élysée auf und ab gegangen, hatte seine Gedanken sortiert.

Er stieg ein, Rio hatte sich nicht die Mühe gemacht, den Motor auszuschalten.

»Holen wir ihn uns.« Sie fuhr an und bog gleich darauf in die Rue Royale ein.

»Haben Sie sonst noch etwas über den Bäcker erfahren?«

»Finanziell sieht es nicht rosig aus, da geht es ihm wie den meisten seiner Kollegen. Nur kommen bei ihm viele Kredite dazu, insgesamt mehrere Millionen. Offenbar hat er sich beim Ausbau seines Imperiums etwas übernommen.«

Lacroix betrachtete sie lange nachdenklich. »Es passt alles zusammen. Seine Wut, der Betrug, das Motiv.«

Rio nickte, während sie am Ende der Champs-Élysées die Ausfahrt in Richtung Ternes nahm.

»Wie hat Dany Moeller herausgefunden, dass Maurice Lefèvre die Wahl manipuliert hat? Was meinen Sie, Commissaire?«

Lacroix zuckte mit den Schultern und schüttelte den Kopf.

Rio fuhr fort: »Zufall? Oder die Gespräche zwischen den Jurymitgliedern sind doch nicht unbemerkt geblieben?«

Er sah aus dem Seitenfenster, sie verstummte. Der Rest der Fahrt verlief schweigend, erst am Montmartre-Friedhof kam wieder Leben in den Commissaire. Er nahm die Sirene des Wagens nun deutlich wahr, sah, wie Rio den Knopf drückte und das Geräusch verstummte.

Sie brauste in die Rue Lepic, die gleich darauf zur Rue des Abbesses wurde, und hielt hundert Meter vor der Bäckerei auf einem Lieferantenparkplatz.

»Meinen Sie, er ist da?«

»Und wenn nicht, fahren wir zu ihm nach Hause. Seine Adresse haben Sie doch längst rausgesucht, nehme ich an.«

»Sie kennen mich eben.«

»Gehen wir.«

Schnurstracks gingen sie auf den Laden zu. Hinter dem Tresen lachte sie dieselbe junge Frau an wie beim letzten Mal. Doch Lacroix spürte, dass sich die Stimmung verändert hatte.

»Monsieur Moeller?«, fragte Rio.

Wortlos zeigte die junge Frau auf die Backstube. Hatte sie sich auf eine Affäre mit ihrem frisch geschiedenen Chef eingelassen?

Rio ging voraus, ließ dem Commissaire dann aber den Vortritt.

»Monsieur«, sagte Lacroix, als er den Bäckermeister erblickte, der sich über ein Bestellbuch beugte, das auf der sauberen Arbeitsplatte lag.

»Oh, Commissaire Lacroix«, sagte Moeller, offensichtlich völlig überrascht. Er rührte sich nicht, um dem Polizisten die Hand zu geben, wie er es beim ersten Besuch getan hatte. »Ganz ohne Voranmeldung.«

»Dafür hatten wir leider keine Zeit. Wir wissen, dass Sie in der Tatnacht in der Rue de Seine waren. Und wir wissen, dass Sie von Monsieur Lefèvres Betrug wussten.«

Der Mann erstarrte, seine Arme sanken kraftlos an den Seiten herab. Seine Augen waren starr auf den Commissaire gerichtet. Es schien ihm aufzufallen, denn plötzlich spannte er seine Muskeln wieder an, richtete sich zu voller Größe auf, ein überlegenes Lächeln auf dem Gesicht.

»Es war also Betrug, habe ich es doch gewusst!«

Der Satz blieb in der Luft hängen. Der Bäckermeister sah zur Tür. Lacroix machte selten Fehler, doch diesmal folgte er dem Blick, ohne darüber nachzudenken. Dany Moeller hatte eine Sekunde Vorsprung, griff nach dem Brotschieber, holte aus. Lacroix sah den Schlag kommen, konnte den Arm aber nicht schnell genug hochreißen, sodass der hölzerne Schieber ihn am Kopf traf. Lacroix ging zu Boden, der Bäcker versuchte, an ihm vorbeizukommen, doch der Commissaire riss seine Beine hoch. Moeller verfing sich darin, geriet ins Stolpern und fiel schwer wie ein Sack zu Boden. Blitzschnell war Lacroix über ihm, seine Faust sauste nieder, einmal, das genügte, dann setzte er sich auf den nun regungslosen Bäcker.

»Das war keine gute Idee.«

Er sah zur Tür. Dort stand Rio, ein Lächeln umspielte ihre Lippen. Sie alle wussten: Lacroix wirkte behäbig und wie ein freundlicher, friedlicher älterer Herr, doch in Wahrheit scheute er keine körperliche Auseinandersetzung, wenn es sein musste.

»Ab ins Kommissariat, Monsieur, Sie sind verhaftet. Wegen eines Angriffs auf einen Polizeibeamten. Den Rest klären wir gleich. Capitaine?«

Sie halfen dem Mann auf die Beine, dessen Nase anschwoll. Auch Lacroix fasste sich an den Kopf und spürte, wie an seiner Schläfe eine Beule wuchs.

Als sie Moeller abführten, die Arme auf dem Rücken, sagte der hilflos: »Ich war das nicht, wirklich, ich habe Maurice nicht umgebracht.«

19

Lacroix wusste, wie sich die Menschen veränderten, wenn sie unten in den Katakomben des Kommissariats saßen. Wie sie in sich zusammensanken, wie ihre Köpfe zwischen den Schultern zu verschwinden drohten. Wie sie sich einrollten wie Embryonen, wie sie ihre Arme umfassten, als würde ihnen das Schutz geben gegen die Unbilden der Staatsmacht. Wie sie verstummten, als würden sie nie mehr sprechen wollen. Oder auf einmal aufstanden und gegen die Wand schlugen, als wollten sie sie durchbrechen – das aber waren die seltensten Fälle.

Meist war es hier unten seltsam still, als habe man Paris weit hinter sich gelassen und sei an einem verlassenen Ort fernab der lebendigen Straßen und stets plaudernden Menschen.

Dany Moellers Veränderung war allerdings besonders deutlich.

»Er schweigt seit einer halben Stunde«, sagte Rio, als sie den Verhörraum verließ, um an Lacroix zu übergeben. Der Commissaire hatte sich zuvor in sein Büro zurückgezogen, den Blick unverwandt auf die Scheibe gerichtet, auf die Fotos, die dort klebten. Er hatte Moellers Gesichtszüge studiert, genau wie die von Maurice Lefèvre, dann war sein Blick abgeschweift.

Nun betrat er den kargen Raum, mit dem ihn eine merkwürdige Hassliebe verband: Einerseits verabscheute er die Dinge, die hier unten gesagt, eingeräumt, gestanden wurden. Lügen hatten hier keinen Platz, und die Realität war oft noch grausamer, als er es sich vorher hatte vorstellen können. Andererseits gab ihm dieser Raum ein unbestimmtes Gefühl von Sicherheit, er war über die Jahre wie ein zweites Wohnzimmer für ihn geworden. Nichts veränderte sich hier, seit Jahrzehnten sah der Keller gleich aus, weil Lacroix es so angeordnet hatte. Unverputzte Wände, zwei Stühle, ein Holztisch, bloß kein Resopal.

Moeller sah ihn nicht an. Er, der Wortführer, der vor Selbstbewusstsein strotzte und mit Charme und Stolz seine große Backstube ausgefüllt hatte, saß nun zusammengesunken auf dem Stuhl, der unter seiner großen Gestalt gar nicht auszumachen war.

Erst als Lacroix sich gesetzt hatte, den Stuhl nah an den Tisch geschoben, sodass er seine Arme ablegen konnte, und mit der Hand beinahe liebevoll über die Platte streichelte, blickte der Bäcker auf. Seine Augen waren gerötet.

»Nun haben Sie mich da, wo Sie mich von Anfang an haben wollten.«

»Wieso glauben Sie das?«

»Sie haben mich doch die ganze Zeit verdächtigt.«

Lacroix zuckte mit den Schultern.

»Und *mon dieu*, ich weiß, wie schlecht es für mich aussieht. Ja, ich war in der Nacht in dieser verdammten Rue de Seine.«

»Weil Sie wussten, dass es bei der Preisverleihung nicht mit rechten Dingen zugegangen ist?«

»Ich wusste es nicht, aber ich wusste es doch, verstehen Sie?«

»Erklären Sie es mir.«

»Es fing viel früher an, Commissaire. Viel früher. Damals waren wir noch Freunde. Ich weiß noch, wie ich es gar nicht fassen konnte, als Maurice letztes Jahr gewonnen hat. Ich habe mich so für ihn gefreut, habe ihn sofort angerufen, bin dann zu ihm gefahren. Wir haben die ganze Nacht in seiner Backstube gesessen und Cognac getrunken. Ich war so froh, dass endlich auch die anderen sein Potenzial erkannt hatten. Wir wollten fusionieren, Moeller-Lefèvre – so war es geplant, na ja, es war eher ein Traum. Das habe ich erkannt, als die Zeit ins Land ging und Maurice immer seltener zu mir kam, nicht mehr auf meine Anrufe reagierte. Zwei Monate vor der Wiederwahl wurde es dann ganz seltsam. Er kam zu mir, ging nervös in der Bäckerei auf und ab, drängte mir ein Gespräch auf, sah meine Öfen an, meine Brote, dann verschwand er wieder. Ich glaube, er hatte getrunken. Und dann, eine Woche später, stürmte er einfach herein und beschimpfte mich: Ich wolle den Titel wieder holen, mir sei nichts heilig, ich versuche, ihn auszubooten. Er war völlig paranoid.«

Moeller hatte wild gestikuliert, nun ließ er die Hände auf den Tisch sinken, er schien erschöpft.

»Hat er seinen Verdacht irgendwie begründet?«

»Er hat nur gesagt, ich wolle den Titel unbedingt

zum dritten Mal. Dafür würde ich über Leichen gehen – das hat er wirklich gesagt.«

»Was geschah dann?«

»Ich habe mit Madame Rabaly über ihn gesprochen. Ich weiß ja, dass sie nicht gut auf ihn zu sprechen ist, aber ich habe sie gebeten, ein Auge auf ihn zu haben, es würde ihm wohl nicht sehr gut gehen. Sie hat nur gelacht.«

»Haben Sie ihn noch mal zur Rede gestellt?«

Traurig schüttelte der Bäcker den Kopf. »Nein, ich hatte so viel um die Ohren. Auch ich habe mich natürlich auf den Wettbewerb vorbereitet und wollte gewinnen. Welcher Bäcker will das nicht?«

»Die vielen Kredite …«, sagte Lacroix leise, und Moeller nickte.

»Es sind wahnsinnige Kosten jeden Monat. Es waren keine einfachen Jahre. Aber ich wollte es ja so, ich wollte der größte Bäcker von Paris sein.«

»Was ist an dem Tag der Wahl passiert?«

»Ich habe natürlich darüber nachgedacht, ob er versuchen wird, die Wahl zu manipulieren. Aber mir war klar, dass es unmöglich war. Wie sollte das gehen? Unter 300 Baguettes eines rauszufinden, bei einer Blindverkostung. Unmöglich. Und dann …« Wieder eine lange Pause, als sei er nicht mehr in der Lage, weiterzusprechen. »… und dann, in der Nacht vorher, da war es mir ganz klar. Diese Veränderung in seinem Wesen, der plötzliche Stolz, das Misstrauen. Mir war klar, dass er es versuchen würde. Ich bin morgens zum Verband gefahren, habe davor geparkt und mir die Jury angesehen. Die fünf jungen Leute. Da habe ich kapiert, was er versuchen würde. Oder was er längst versucht hatte.« Der Bäcker stützte sein Gesicht in die Hände und schüttelte den Kopf. »Wie ist es ihm gelungen?«

»Lefèvre hat Lemaires Kollegen, der für die Auslosung der Jurymitglieder zuständig war, bestochen. Er hat inzwischen gestanden. Lefèvre hat ihm erzählt, er wolle seinem Neffen und dessen Freunden eine Freude machen und ihnen die französische Kultur näherbringen. Und der Kollege im Rathaus war reichlich naiv und hat nicht weiter nachgefragt, nur kassiert und geschwiegen.«

Der Bäcker nickte nur stumm.

»Was haben Sie gemacht, als Sie vor dem Verbandsgebäude standen und den Betrug durchschaut haben?«, fragte Lacroix.

»Was hätte ich denn tun sollen? Da reinstürmen und alles auffliegen lassen? Niemand hätte mir geglaubt! Also bin ich abgezogen und abends zur Preisverleihung wiedergekommen. Immer noch hielt ich es für unmöglich, für ein dummes Hirngespinst. Und dann verkündete der alte Lemaire doch allen Ernstes, dass Maurice gewonnen hat. Ich war der Ohnmacht nahe.«

»Sie verstanden, dass Ihre Sorge kein Hirngespinst war.«

»Ich war außer mir. Und wissen Sie was, Commissaire? Er auch. Er hat wohl erst in diesem Moment verstanden, was er gemacht hat. Er hat sich kurz gefreut, dann wirkte er beinahe niedergeschlagen. Wir sind ins Vagenende, und ich habe mir Mut angetrunken. Als er dann rausgegangen ist, bin ich ihm gefolgt.«

»Sie hatten einen Streit …«

»Ich habe ihn direkt mit allem konfrontiert. Er stand vor mir und sagte nichts. Ich habe ihn angeschrien, er solle doch reden. Aber er stand nur da, als sei er mit den Gedanken ganz woanders. Irgendwann reichte es ihm, er schrie, ich solle still sein, dann stieß er mich weg und ist weggerannt.«

»Sie sind ihm nicht sofort hinterhergegangen.«

»Nein, ich bin wieder rein, habe weitergetrunken. Ich war so wütend, und gleichzeitig habe ich mir riesige Sorgen gemacht. Er hat ausgesehen wie ein Gespenst.«

»Wann sind Sie in die Rue de Seine gegangen?«

»Ich bin um Mitternacht raus aus dem Vagenende. Dann war ich in der Bar du Marché in der Rue de Buci, habe allein weitergetrunken. Platz zwei ist auch ein toller Erfolg, habe ich mir immer wieder gesagt. Damit könnte ich leben. Aber die Wut, kennen Sie das, Commissaire? Diese unbändige Wut über die Ungerechtigkeit, die hat mich fertiggemacht. Ich bin um halb zwei da raus, ich muss schon ziemlich gewankt haben. Und dann stand ich plötzlich vor Maurice' Bäckerei.«

»Wie sind Sie hineingekommen?«

»Wir waren befreundet, Commissaire. Ich habe so viele Stunden mit ihm in der Backstube verbracht, und die Concierges ändern den Türcode höchstens alle Jubeljahre. 4245D, ich kenne den Code auswendig.

Ich bin rein und hinten zum Hof stand die Tür offen. Da hätte ich schon merken müssen, dass etwas nicht stimmte. Ich bin durch, dann stand ich im Hof und habe durch das Fenster geblickt. Es war …«

Er war blass geworden.

»Da lagen Füße. Ohne Zweifel, ich war zwar betrunken, aber … Ich habe an der Tür gezogen, und sie ging auf, ich bin rein, habe mich umgeguckt, ich hatte Schiss, natürlich. Und da lag er. Er war …«

Er schüttelte heftig den Kopf, als würde er die Bilder abschütteln wollen. »Ich habe den Brotschieber neben ihm liegen sehen, da war Blut dran, und er rührte sich nicht. Ich habe Panik bekommen und bin sofort raus, habe die Tür ganz leise zugemacht. Alle Fenster zum Hof waren dunkel, aber ich war mir sicher, dass mich jemand gesehen hat. Irgendwer ist in Paris doch immer wach.«

»Haben Sie Monsieur Lefèvre berührt? Waren Sie sicher, dass er tot war?«

»Nein, ich habe ihn nicht angefasst. Ich war so unter Schock …«

»Was hätten Sie denn getan, wenn Sie ihn lebend angetroffen hätten?«

»Was weiß ich? In meinem betrunkenen Hirn wollte ich ihn in einem Moment erwürgen und im nächsten einfach nur in den Arm nehmen und schütteln und drücken und mir wünschen, das alles wäre nie passiert. Wir waren echte Freunde, wir beide.«

»Ich habe schon oft gehört, dass Freunde, die wütend sind, Dinge tun, die sie vorher nie für möglich gehalten hätten. Ehepaare gar. Das ist meine Hauptbeschäftigung, ehrlich gesagt.«

»Commissaire«, seine Augen traten hervor, seine Wangen waren gerötet, »wirklich, er lag da und war tot.«

»Sind Sie sich sicher, dass er bereits tot war?«

»Ich war es nicht. Er lag schon da, als ich kam. Jemand ...«

Lacroix nickte, der Zeigefinger seiner linken Hand berührte Dany Moellers Rechte, es war wie eine Erdung.

»Ich weiß das schon. Ich habe mich trotzdem gefragt, warum Sie uns so lange diese Lügengeschichte aufgetischt haben. Es hat mich viel Zeit gekostet, Ihr persönlicher Irrsinn. Passen Sie auf, Moeller, Sie haben jetzt Zeit, alles zu durchdenken. In einer Stunde kommt mein Kollege, Paganelli, Sie kennen ihn schon. Er wird Ihre Aussage aufnehmen, danach können Sie gehen. Guten Tag.«

Er stand auf und verließ den Raum. Eine Treppe, und er stand im Erdgeschoss des Kommissariats, auf den Bänken warteten Delinquenten und Zeugen auf ihre Vernehmung, Polizisten in Uniform standen in der Ecke und tranken Automatenkaffee aus Pappbechern.

Er nahm die Treppe, zwei Stockwerke, dann ging er an der jungen Frau vorbei, die auch heute am Eingang des Museums saß. Heute war eine Schulklasse da, er hatte sie schon im Treppenhaus gehört. Wahrscheinlich begutachteten sie die Schlagwaffen und

Pistolen oder die Guillotine. Gott sei Dank waren sie im linken Trakt, dachte Lacroix. Er müsste sich beeilen. Er ging nach rechts, nahm die Abkürzung zu den neueren Exponaten, die Waffen der Kollegen aus den Fünfzigern und Sechzigern, die neueren Uniformen und Fahrzeugmodelle. Vor einer großen Pariskarte hielt er inne. Sie nahm eine ganze Wand ein, selbst die Namen der kleinsten Straßen waren darauf verzeichnet. Er maß die Entfernungen vom Süden ins Zentrum ab, besah sich die Straßen. Dann fuhr er mit dem Finger die Place d'Italie ab, schaute sich die umliegenden Metrostationen an, prägte sich die kleinen, bürgerlichen Straßen rund um die Butte aux Cailles ein. Er kannte sich gut aus, es war nur, um sicherzugehen.

Nach weiteren zehn Minuten kamen die ersten Schüler um die Ecke in den neuen Trakt. Lacroix stöhnte und wandte sich zum Ausgang, ehe sie beginnen konnten, ihn mit Fragen zu löchern, und stieg die letzten Stufen hinauf in die dritte Etage.

»Commandant Paganelli«, sagte er zum Korsen, der an seinem Schreibtisch saß und Zeitung las, »lassen Sie Monsieur Moeller noch etwas schmoren, dann nehmen Sie seine Aussage auf und lassen Sie ihn gehen.«

Rio drehte sich verwundert um. »Sie lassen ihn gehen, Commissaire? Aber hat er nicht …?«

»Nein«, sagte Lacroix, »das hat er nicht. Ist etwas für mich …«

Sie winkte mit einigen Zetteln, bevor er den Satz ausgesprochen hatte. »Ich habe selten so viele Sperrvermerke gesehen wie auf diesen drei Blättern. Kommt die Liste wirklich aus dem Élysée? Wie sind Sie denn daran gekommen?«

Lacroix nahm ihr die Seiten aus der Hand. »*Merci*, Capitaine. Bleiben Sie bitte hier, ich werde Sie gleich brauchen.«

Er verschwand in seinem Büro und schloss die Tür hinter sich.

Le Goff hatte ganze Arbeit geleistet. Er hatte alle passenden Namen markiert. Lacroix ging die Wohnadressen durch. Es gab nur einen Treffer. Er hatte keinen Zweifel. Es galt, keine Zeit mehr zu verlieren. Er verließ das Büro wieder.

»Gehen Sie schon mal, Commandant.«

Paganelli stand auf und ging. Dass der Commissaire keine Trödelei duldete, wenn er unter Strom stand, war allen bekannt.

»Capitaine Rio, sehen Sie hier.« Er zeigte auf einen Namen auf der Liste. »Fahren Sie dorthin, 14, Rue des Reculettes. Sie werden dort eine Frau antreffen. Sprechen Sie mit ihr. Sie wird Ihnen eine spannende Geschichte erzählen.«

»Soll ich sie verhaften? Herbringen?«

»Das wird nicht nötig sein. Nehmen Sie ihre Aussage auf und trösten Sie sie.«

Rio warf sich ihre Lederjacke über und verließ das Büro.

Lacroix setzte sich an ihren Schreibtisch, drehte sich einmal um die eigene Achse, was sicher unfreiwillig komisch aussah. Dann beugte er sich über Rios Notizen und fand sofort, was er suchte. Er griff zum Hörer und drückte die Tasten. Er hatte die Einführung moderner Touchscreen-Telefone erfolgreich verhindert. Ein Glück. Seine Untergebenen verfluchten ihn sicher dafür.

Auf der anderen Seite wurde der Hörer sofort abgenommen.

»Hier ist das Kommissariat im Fünften. Commissaire Lacroix. Könnten Sie vorbeikommen? Es gibt Neuigkeiten. In einer Stunde? Besser anderthalb. Es eilt nicht. Gut. Bis nachher.«

Dann rief er im Rathaus an. Auch die Assistentin seiner Frau hob sofort ab.

»Véronique? Hier ist Commissaire Lacroix. Können Sie meiner Frau sagen, dass ich mich freuen würde, sie heute Abend um 20 Uhr zu treffen? Sie weiß, wo.«

»Haben Sie den Fall gelöst, Commissaire?«

Véronique wusste, dass Lacroix und Dominique nur in ihrem Stammlokal essen gingen, wenn es etwas zu feiern gab.

»Ich denke schon.«

»Soll ich den Tisch reservieren?«

»Das wäre sehr freundlich.« Er setzte an, noch etwas zu ergänzen.

»Auf der Bank unterm Spiegel, ich weiß.«

Lacroix musste lächeln. Die Assistentin seiner Frau war wirklich zu gebrauchen.

20

Hungrig hätte er den letzten Akt nicht durchgestanden. Deshalb hatte er das Kommissariat verlassen und war mit einem Taxi ins Chai gefahren. Pierre-Richard hatte an der Bar gestanden, Alain war gleich darauf hinzugekommen. Sie hatten ihn mit Fragen gelöchert, nur Yvonne hatte seinen Blick gesehen und ihn in Ruhe gelassen. Er hatte ein überbackenes Brot mit Schinken und Bergkäse gegessen, dazu ein kleines Bier getrunken, dann noch eins. Nach dem Bezahlen hatte er um das Telefon gebeten und noch am Tresen die Nummer der Redaktion gewählt.

»Hören Sie«, hatte er gesagt, »wir werden die Pressemitteilung erst morgen früh herausgeben. Sie kriegen die Geschichte exklusiv für die Sonntagsausgabe – vorausgesetzt, Sie halten sich an unsere Absprachen. Haben Sie etwas zu schreiben?«

Dann hatte er leise einige Sätze gesagt. An Romy Schneiders Schweigen hatte er ihr Erstaunen bemerkt, sie hatte es nicht gewagt, zu atmen.

»Sie schreiben es erst, wenn Sie meine Zustimmung haben. Ich hoffe, Sie bis 17 Uhr anrufen zu können. Einverstanden?«

Sie war einverstanden.

»Eins noch, Madame Schneider. Sie haben mir sehr geholfen. Vielen Dank.«

Dann hatte er aufgelegt, sich von seinem Bruder und Alain verabschiedet und war den Weg zurückgegangen, langsam und gemächlich.

Sie wartete schon in der Halle auf ihn.

»Kommen Sie bitte.«

»Commissaire«, sagte sie, »ich bin sehr gespannt.«

Sie fuhren mit dem Lift hinauf, der ausnahmsweise mal nicht außer Betrieb war, wortlos, aber die Stille war laut. Er ging voran, betrat sein fensterloses Büro und zeigte auf den Stuhl vor seinem Schreibtisch. Sie setzte sich und sah ihn an, beobachtete, wie er Platz nahm. Er versuchte umständlich, seine Pfeife zu entzünden, das erste Streichholz brach ab, das zweite brannte, ein tiefer Zug. Er atmete einmal tief durch.

»Madame Lefèvre, wann war der Moment, als Sie wussten, dass Sie Ihren Mann verloren haben?«

Er war wachsam, weil er sich so genau an ihre erste Begegnung erinnerte, die vollen roten Wangen, der stete Blick, die scheinbare Gleichmütigkeit. Jetzt war es, als würde der Vorhang gelüftet, ihre Augen bekamen einen Glanz, es war nichts Stumpfes mehr in ihnen, sondern ein Funkeln, wütend, bekennend.

»Was meinen Sie, Commissaire?«

»Sie wissen es ganz genau.«

Sie ließ den Kopf sinken, aber nicht, um aufzugeben, es war eher ein Sammeln neuer Kraft.

»Vor einem halben Jahr ungefähr, vielleicht war es auch erst vor fünf Monaten.«

»Hat er es Ihnen gesagt?«

»Vielleicht wusste ich es, bevor er es wusste. Er war ein Schlappschwanz, wenn es darum ging. Schon bei meiner Vorgängerin hat er monatelang herumgedruckst. Deshalb hasst Madame Rabaly ihn noch heute. Das macht man nicht, man macht es einfach nicht. Erst recht nicht, wenn man sich so lange kennt.«

Lacroix nickte.

»Wie haben Sie es erfahren?«

»Ich habe eine sehr interessante Person getroffen. Sie wird gleich hier sein, um ...«

Madame Lefèvre sprang auf und entwickelte dabei eine solche Rasanz, dass Lacroix kurz erschrak. Sie stand vor seinem Schreibtisch und fauchte ihn wütend an:

»Wenn die kleine Hure hierherkommt, bringe ich sie um.«

»Setzen Sie sich, Madame«, sagte er ganz ruhig.

»Wenn diese kleine ...«

»Setzen Sie sich! Sofort!« Seine Stimme war nun laut und deutlich.

Sie fiel fast auf ihren Stuhl zurück, presste die Beine in dem schwarzen langen Rock aneinander.

»Sie bringen sie um? So wie Sie Ihren Mann umgebracht haben?«

Sie sah ihn prüfend an, das leichte Grinsen wohl nur eine Übersprungshandlung. »Kennen Sie diese Wut, Commissaire, die sich über Monate aufstaut? Wenn Sie spüren, dass die Dinge unabwendbar sind? Wenn der eine Mensch, der dein ganzes Leben bestimmt, sich so verändert, dass hinterher nichts mehr ist, wie es war?«

»Wie lange ging das schon?«

»Sein neues Leben?«

»Sein kurzes neues Leben.«

»Das Schlimmste, Commissaire, ist, dass die glücklichste Zeit unserer Ehe direkt in die unglücklichste mündete. Als wir uns kennenlernten, damals, als er Madame Rabaly für mich verließ, war alles gut, unbeschwert, wir waren so jung. Wir sind gereist, waren viel aus, tanzen sogar. Wir wollten eine Familie gründen, aber ich bin nicht schwanger geworden, viele Jahre lang nicht. Wir haben kaum darüber gesprochen. Er hat irgendwie das Interesse verloren. An mir, an unserer Idee von einer Familie. Statt des Babys war es nur noch die Bäckerei. So ging das. Bis zu dem Preis. Wie viele Jahre später war das? 25? Und dann war er auf einmal wieder hellwach, hat mich ganz anders angesehen. Wir sind ständig essen gegangen, in die teuersten Restaurants, auch zweimal am Strand, in Le Touquet und Deauville. Einmal hat er mich auch zu einem der Empfänge ins Élysée mitgenommen. Einmal nur. Beim nächsten Mal konnte ich nicht, da hatte ich abends einen Termin mit Kunden. Das war der Fehler. Da hat er sie getroffen.«

»Mademoiselle Terracino?«

»Bitte! Ich will ihren Namen nicht hören.« Ihre Stimme überschlug sich. »Wie alt ist sie? Wissen Sie das, Commissaire? Ich habe sie einmal zusammen gesehen. Wie alt? 29? 31? Verdammt.«

»Sie fanden es ungerecht, diese Beziehung?«

»Commissaire, ich weiß aus der Zeitung, dass auch

Sie verheiratet sind. Wir sind doch ungefähr ein Alter, oder? Was meinen Sie denn, wie es sich anfühlen würde, wenn Ihre Frau auf einem Empfang einen ganz jungen Bürgermeisterkollegen kennenlernt. So wie bei unserem Präsidenten, der steht ja auch auf ältere Frauen. Wie würden Sie das denn finden?«

Lacroix duldete es in der Regel nicht, wenn jemand im beruflichen Zusammenhang seine Frau erwähnte. Aber dieses Mal entschied er, es unkommentiert zu lassen.

»Und soll ich Ihnen sagen, was am ungerechtesten war?«

Immer noch blieb er stumm.

»Ich habe ihm meine Jugend geopfert. Er wollte Rabaly loswerden, regelrecht geflohen ist er vor ihr. In meine Arme. Und dann hat er mich abhängig gemacht von sich. Was kann ich denn dafür, dass ich nicht schwanger geworden bin? Vielleicht lag es ja auch an ihm. Was weiß ich. Ich habe alles getan, damit wir uns etwas aufbauen. Ich habe die Bäckerei zu dem gemacht, was sie heute ist. Ich habe den Namen bekannt gemacht, habe Maurice gefördert, wo es nur ging. Habe ihm den Rücken freigehalten. Erduldet, dass er Nacht für Nacht über Rezepten gebrütet hat und noch das letzte Baguette selbst formen wollte. Jahrelang. Und dann, als er endlich anfing zu leben, als es daran ging, zu ernten – da sucht er sich eine kleine Hure. Wir hätten zusammen reisen können, feiern. Die gestiegenen Umsätze hätten uns einen schönen Lebensabend beschert. Stattdessen verliebte er sich in … dieses Kind.

Die verdammte Bäckerei gehörte ihm, er hätte alles bekommen, wenn wir uns hätten scheiden lassen. Zum Schluss war er keine einzige Nacht mehr zu Hause.«

Seine Kehle war trocken, und seine Stimmung verfinsterte sich. Er hätte zu gern ein Bier aus der Brasserie unten am Boulevard kommen lassen, aber Rio war sicher noch immer im Süden der Stadt unterwegs.

»Hat er sich denn wirklich verliebt?«, fragte er.

»Er schwebte auf Wolke sieben, Commissaire, und hat nicht mal versucht, es vor mir geheim zu halten. Er kam ganz beschwingt nach Hause nach diesem Abend im Élysée. Seitdem verpasste er keinen Empfang mehr. Und war davor ich es, die für die Auslieferung an den Palast zuständig war, weil er nicht mit den feinen Leuten verkehren wollte, den Schnöseln, ließ er es sich von dem Tag an nicht mehr nehmen, jeden Morgen persönlich dorthinzufahren. Er war immer überpünktlich und hat sich im Bad eingeschlossen, um sich schick zu machen. Der eitle Gockel. Ich musste nur noch eins und eins zusammenzählen. Irgendwann bin ich ihm mal gefolgt, abends. Er hat vorm Élysée gehalten, sie ist rausgerannt und bei ihm eingestiegen. Sie haben sich ewig geküsst, ich habe ihre Silhouetten gesehen. Mich hat er nicht mal mehr berührt. Ich bin ihnen bis zu einer Bar im Achten gefolgt. Ich wollte eigentlich erst rein und eine Szene machen – aber ich konnte nicht, ich war auf einmal sehr müde. Verstehen Sie das, Commissaire?«

»Haben Sie ihn zur Rede gestellt?«

»Ich habe es gemacht, wie kluge Frauen es tun. Ich

habe es ausgesessen. Habe gedacht, er würde seinen Fehler irgendwann einsehen und reumütig zurückkommen. Oder sie würde ihn dann doch mal nackt betrachten und feststellen, dass er ihr Vater sein könnte. Aber offenbar meinte sie es ernst – oder sie wollte sein Geld.«

»Es war ernst, oder?«

Ihr Gesicht wurde hart, und gleichzeitig stiegen ihr Tränen in die Augen.

»Wissen Sie, was das Schlimmste war? Das Demütigendste? Er hat sich nicht mal eine Frau ausgesucht, mit der er wirklich ein anderes Leben führen könnte. Eine reiche Frau, eine erfolgreiche. Sie war eine einfache Angestellte in der Küche des Palastes. Eine Beiköchin. Sie war jung. Mehr nicht. Das hat mich um den Verstand gebracht …«

Lacroix schwieg, Madame Lefèvre würde ihm von sich aus alles erzählen.

»Er hat mir am Vorabend der Wahl gesagt, dass er sich verliebt habe. Dieses Wort hat er benutzt. Dass er ausziehen und mit ihr zusammenleben will. In ihrer Wohnung an der Place d'Italie. Morgen würde er ein anderes Leben beginnen.«

»Hat er gesagt, warum ausgerechnet am Tag der Wahl?«

»Ich habe gespürt, dass er etwas ausgebrütet hat. Aber er hat es nicht mehr mit mir geteilt. Er hat nichts mehr geteilt, verstehen Sie, Commissaire Lacroix?«

»Deshalb musste er sterben.«

»Ich habe wirklich versucht, ruhig zu bleiben und

ihn ziehen zu lassen. Hatte keine Kraft mehr, um ihn zu kämpfen. Aber dann habe ich die Nachricht von Bertrand Lemaire bekommen. Er hat mir eine SMS geschickt, um mir zu gratulieren. Ich habe es erst überhaupt nicht verstanden. So habe ich erfahren, dass unser Baguette gewonnen hat, wir also den Titel verteidigt haben. Verstehen Sie? Ich bin die Chefin, und mein Mann hält es nicht für nötig, mich zu informieren. Ein unglaubliches Glück – und ich erfahre es als Letzte. Weil mein Mann nicht mehr mein Mann war. Ich habe es nicht mehr ausgehalten. Ich bin zum Vagenende gefahren, ich wusste, dass mein Mann diesen Laden ausgesucht hat. Aber er war nicht da. Ich bin zum Laden gefahren. Alles war dunkel, die Rollläden waren runtergelassen. Ich bin durch die Hintertür, habe ganz leise aufgeschlossen. Da saß er, im Dunkeln, auf seinem Sessel. Er war allein, Gott sei Dank, sonst hätte ich sie beide ... Er trank einen Cognac, und er weinte.«

Sie wischte sich über das Gesicht, und Lacroix wartete ab, senkte den Blick, ließ sie gewähren. Nach Sekunden, nein, sicher zwei oder drei Minuten später fuhr sie fort.

»Mit einem Mal war ich ganz besorgt, ich habe mich geräuspert, und er hat mich angesehen, als habe er mich erwartet. Ich wollte zu ihm gehen, ihn umarmen, ihm versichern, dass er bei mir sein Zuhause hat. Aber er ist aufgestanden und hat sich an mir vorbeigeschoben und sich in die Backstube gestellt.«

Sie wog ihre Worte ab.

»Was dann folgte, kann ich auswendig. Ich habe es mir immer und immer wieder aufgesagt. ›Meine Liebe‹, hat er gesagt, ›ich habe heute Abend gespürt, dass ich auf einem Irrweg war. Dass ich die Wahl nicht hätte manipulieren dürfen und dass ich die Arbeit nicht hätte über alles stellen dürfen. Aber eines weiß ich – und damit war ich nicht auf dem Irrweg: Ich werde ein neues Leben beginnen, mein neues Leben. Weil ich unser beides, meines und deines, schon zu lange bestimmt habe. All das hat dich und mich gleichermaßen gestört – es war schlicht verschwendete Zeit. So wie jetzt, so fühlt sich Liebe an. Dieses Nicht-ohne-einander-leben-Können – das habe ich noch nie zuvor gespürt.‹ Bei den letzten Worten hat er sich umgedreht, vielleicht wollte er zu seinem Sessel zurück, vielleicht konnte er mich nicht länger ansehen. Der Brotschieber stand neben mir, ich habe ihn erst in diesem Moment erblickt, es war, als lüfte sich ein Schleier. Es war nur eine Bewegung, ein Griff, ein Ausholen, ich musste mich nicht anstrengen, gar nicht, die Wut tat alles, es war so einfach, wie eine Fliege zu erledigen.«

Ihre Stimme war nicht leiser geworden oder brüchiger, wie Lacroix es oft erlebt hatte, während dieser intensiven Erinnerungen.

»Als er da lag, habe ich gelächelt. Ich war so froh, dass ich es nicht mehr hören musste, sein verlogenes Gerede. Was für ein Unfug. Wie wenig Respekt er vor mir haben musste – aber ich verdiene Respekt, Commissaire. Großen Respekt.«

»Gut, Madame, ich habe keine Fragen mehr. Man

wird Sie in den Quai des Orfèvres bringen und im Palais de Justice einem Ermittlungsrichter vorführen. Sie werden wegen Mordes angeklagt werden.«

»Commissaire?«

»Ja, Madame?«

»Kann ich noch einmal in die Bäckerei? Ich würde Carl gern die Geschäfte übertragen. Er wird sie führen müssen, es ist ja niemand mehr da.«

»Ich werde Monsieur Fofana informieren. Er wird Sie besuchen. Dann können Sie alles klären.«

Er stand auf und ging hinaus, ohne sich umzudrehen.

21

Hatte der Himmel all die Tage grau über der Stadt gehangen wie eine zu dick geratene Bettdecke, riss er just in dem Augenblick auf, als Lacroix das Kommissariat verließ. Die Sonne blitzte durch zwei dunkle Wolken, als könne sie es selbst kaum fassen, Paris wiederzusehen. Sie stand schon tief, über die lange Vernehmung war es Abend geworden. Doch auf dem Boulevard Saint-Germain liefen die Paare Hand in Hand, die Flaneure saßen in den Cafés, in den Bäumen sangen die Vögel. Lacroix schien es, als würde es doch schnell Frühling werden. Er ging, ohne innezuhalten, immer weiter westwärts, die Pfeife hinterließ eine stete Rauchwolke, die ihm folgte. In der Basilique Sainte-Clotilde wurde eben der Abendgottesdienst abgehalten. Sicher würde Pierre-Richard eine heitere Predigt halten, er gab den Leuten stets etwas mit auf den Weg, das sie aufmunterte, aufweckte, belebte.

Vor der Bar Central hielt er an, denn er war etwas zu früh. Er setzte sich an einen runden Tisch auf der Terrasse und bestellte ein kleines Bier, doch er stand gleich wieder auf, trank den Rest im Stehen. Er wollte nicht sitzen, er wollte sich bewegen. Die Straße hinunter ragte der Eiffelturm steil aus dem Häusermeer heraus, nirgendwo sah man ihn so deutlich wie hier. Zur vollen Stunde, es war dunkel geworden, machte er sein blitzendes Lichterspektakel. So ging Lacroix auf und ab, rauchte und trank noch ein Glas, er wollte im Reinen sein mit sich und der Welt, nach diesem Verhör.

Erst eine halbe Stunde später ging er die restlichen dreihundert Meter, und dann betrat er den großen Raum mit den runden Lampen, die so herrlich zeitlos waren. Christiane sah ihn sofort, zeigte zwei Paaren ihren Tisch, kam dann zu ihm und schloss ihn in die Arme.

»Ich hatte gehofft, dass du den Mörder findest. Der arme Lefèvre, er hat auch uns beliefert«, sagte sie, und dann ließ sie ihn wieder los, ohne noch etwas zu fragen. »Komm, dort vorn, euer Tisch, wie immer.«

Sie ging voraus und ließ ihn auf der Bank Platz nehmen. Gleich, wenn Dominique kommen würde, würde sie sich neben Lacroix auf das rote Leder setzen. Sie saßen immer nebeneinander auf dieser Bank, den großen Spiegel im Rücken.

»Zwei *coupes*, wenn Dominique da ist?«

»Sehr gern.«

Sie verschwand, ein Kellner in weißem Hemd und schwarzer Hose brachte die Speisekarten.

Es dauerte noch fünf Minuten, immer wieder öffnete sich die Tür. Lacroix schaute gebannt und spürte jedes Mal den kleinen Stich in der Magengrube, wenn seine Hoffnung enttäuscht wurde. Beim siebten Mal aber war es Dominique. Sie war wohl zu Hause gewesen, denn sie trug ein schlichtes schwarzes Kleid, das an ihr einfach fantastisch aussah. Er stand auf und strahlte sie an. Jeder musste den Stolz auf seinem Gesicht sehen, dachte er.

Sie trat näher, umarmte ihn, wollte sich lösen, er zog sie noch mal zu sich heran, er brauchte jetzt ein paar Sekunden mehr, der Tag hatte ihn geschafft.

»Bitte«, sagte er, und sie setzte sich, rückte näher neben ihn auf der Bank.

Die Wirtin brachte ihnen den Champagner.

»Ich mag euch gar nicht stören, wie ihr so einträchtig nebeneinander …«

»Doch, doch«, beharrte Dominique, »ich habe großen Hunger. Ich weiß auch schon, was wir essen. Wir nehmen den lauwarmen Lauch mit Ziegenkäse und anschließend zwei Seezungen mit dem wunderbaren Kartoffelpüree. Ist dir das recht?«

Lacroix nickte. Sie kannte ihn einfach zu gut. Etwas Leichtes, Gemüse, anschließend Fisch, so ein Mahl würde ihn wieder auf Vordermann bringen.

»Sehr gern«, sagte Christiane und verschwand.

Das Ehepaar Lacroix erhob seine Gläser. »Auf uns«, sagte Dominique. Sie wusste, dass er nicht gern auf gelöste Fälle anstieß.

»Vor einer Stunde hat Mademoiselle Schneider auf einen Knopf an ihrem Computer gedrückt und ihren Artikel über den Mord am Bäcker von Saint-Germain abgesendet. In den Morgenstunden weiß die ganze Stadt Bescheid.«

»Du hast ihr die Geschichte exklusiv gegeben?«

»Sie hat mir geholfen, den Fall zu lösen. Sie war schnell und schlau.«

Dominique trank einen großen Schluck, Lacroix tat es ihr nach. Es war schön, so nah neben ihr zu sitzen. Der Champagner belebte gleichermaßen seinen Kopf und beruhigte seine Seele.

»Wer war es, *mon cher?*«

Er lehnte sich zurück und begann, in aller Ausführlichkeit von den letzten Tagen zu berichten. Einmal mehr schätzte er, dass sie ihn nicht verwundert anstarrte oder sich über die Ergebnisse der Ermittlung wunderte, wie es die Menschen gemeinhin taten. Sie hörte einfach nur zu.

Nach einem langen Monolog fragte sie: »Wie du die Manipulation aufgedeckt hast, ist mir klar. Und Mademoiselle Schneiders Hilfe war ja wirklich außergewöhnlich. Aber ich weiß nicht, wie du auf die Affäre des Bäckers gekommen bist.«

»Das war nun wirklich pures Handwerk. Die junge Frau aus Québec hat ausgesagt, dass Monsieur Lefèvre am Tag der Wahl ungewaschen und ausgelaugt in der Bar an der Place d'Italie aufgetaucht war. Eine Stunde später saß er frisch geduscht im Bäckerverband. Wo war er zwischendurch? Wir haben auf der Fahrt von der Cité U die gleiche Strecke genommen. Es gibt eine große Baustelle auf der Süd-Nord-Achse. Wir haben für die wenigen Kilometer trotz Rios Fahrstil fast eine halbe Stunde gebraucht, im morgendlichen Berufsverkehr dauert es sicher eine Dreiviertelstunde. Er hätte es niemals zu sich nach Hause geschafft, die Lefèvres wohnen ein Stück östlich vom Invalidendom. Also musste er sich rund um die Place d'Italie aufgehalten haben, um danach zur Île Saint-Louis zu gelangen. Irgendwo, wo er Zugang zu einer Dusche und saubere Kleidung hatte.«

»Eine Geliebte. Du Fuchs.«

»Die Aussagen passten alle zusammen: Er hatte sich verändert, ungefähr ein halbes Jahr nachdem er den Preis gewonnen hat. Wodurch verändert sich ein Mann am meisten? Natürlich: durch eine Frau. Der Rest war purer Zufall. Ich habe den Restaurantkritiker des *Parisien* im Bristol getroffen. Auf dem Weg dorthin kam ich am Élysée vorbei. Da habe ich mich an Xavier Le Goff erinnert, weißt du noch?«

»Dein alter Freund Xavier? Er war doch dein Kollege im Quai des Orfèvres, bis du ins Fünfte gewechselt bist, oder?«

»Genau. Er hat später als Personenschützer gearbeitet und ist jetzt Leiter der Polizei im Élysée.«

»Und du bist einfach reinmarschiert?«

»Er hat sich sehr gefreut, auch wenn er seinen Augen nicht trauen wollte. Wir haben uns nur kurz unterhalten, wollen uns aber bald zum Essen treffen. Vielleicht können wir ihn ja zu uns einladen, was meinst du? Dann hat er mir von den Festen im Palast erzählt, all den Empfängen, mit denen sie mich jagen könnten, während du sicher hinreißend sein würdest. Er konnte sich bestens an den Bäcker erinnern – und an eine junge Dame aus der Küche. Er war sich nicht ganz sicher, welche es war. Wir haben die Videobänder angesehen, und später hat er mir eine vertrauliche Liste mit den Namen aller weiblichen Angestellten des Palastes geschickt. Es gab nur eine, die in einer Seitenstraße der Place d'Italie wohnte.«

»Warst du bei ihr?«

»Rio ist heute Nachmittag zu ihr gefahren, während ich Madame Lefèvre vernommen habe.«

»Und?«

»Sie war untröstlich.«

»Warum hat sie denn nichts erzählt, über ihre Affäre mit Lefèvre? Der Tod des Bäckers hat doch in jeder Zeitung gestanden.«

»Sie war völlig verzweifelt. Und sie hatte keine Ahnung, dass ihre Affäre der Grund für den Mord war. Sicher hat Lefèvre es nicht für möglich gehalten, dass seine Frau zu so etwas fähig war. Nein, sie hatte Sorge, dass sie in diesen schweren Zeiten die Hinterbliebenen zusätzlich schockiert, wenn sie sich bei uns meldet. Also blieb sie in stiller Trauer.«

»Und waren ihre Gefühle echt?«

»Alles schien so, sagt Rio. Sie hat sich wirklich auf einem Empfang in den Bäcker verguckt. Sie kannte ihn, ihr Chef, der Koch des Palastes, hatte von seinen Produkten geschwärmt. Lefèvre war anfangs ganz schüchtern, hat nicht auf ihre Annäherungsversuche reagiert. Erst allmählich hat er verstanden, was sie von ihm wollte. Und dann gab es kein Zurück mehr.« Er überlegte kurz. »Weißt du, Madame Lefèvre hat mich noch mal angerufen, zwei Tage nach dem Mord. Einfach so. Um zu fragen, ob es schon etwas Neues gebe.

In ihrer Stimme lag aber nicht, was ich sonst oft höre: Wut oder Ungeduld. Es war vielmehr Beiläufigkeit. So, als ginge sie das alles nicht viel an. In Wahrheit aber – das weiß ich jetzt – hatte sie Angst, entdeckt zu werden.«

»Vielleicht wusste sie schon, dass sie nicht davonkommen wird.«

Christiane kam um die Ecke, die zwei weißen Teller mit dem roten Emblem des Fontaine de Mars stellte sie vor dem Ehepaar Lacroix ab: Die grünen Porreestreifen waren blanchiert und leicht angebraten, dazu gab es einen cremigen Ziegenkäse.

Als die Wirtin fort war, sagte Lacroix leise:

»Das war es auch: die Erkenntnis, dass sich alles wiederholt. Er hat Madame Rabaly für seine spätere Frau verlassen, was sie ihm nie verziehen hat. Nun hat es sich wiederholt. In dem Moment, als Madame Lefèvre endlich angekommen war, verliert sie alles. Aber sie wollte ihn nicht aufgeben und ihr Leben lang hassen. Sie wollte, dass es endet. Es ist …«

»… eine wirkliche Tragödie«, ergänzte Dominique. »Das ist es wirklich.«

Lacroix sah die Lichter der alten gelben Straßenlaternen vor dem Fenster. Das Kerzenlicht auf dem Tisch verlieh der Umgebung etwas Nostalgisches, der Champagner hatte ihn milde gestimmt. Er griff zu dem dunklen Brot aus der Boulangerie Pain Poilâne und strich etwas Moutarde de Dijon darauf, froh, dass der Fall ihm nicht den Appetit auf sein liebstes Brot genommen hatte.

»Aber nun genug der Tragödie. Wir essen, und du erzählst mir von deinem Tag. Einverstanden?«

»D'accord«, sagte Dominique lachend und streichelte sanft über die Beule an seinem Hinterkopf. *»Bon appétit, mon commissaire* Maigret.«

Paris, April / Mai 2019

Ein neuer Commissaire für Paris

Alex Lépic

Lacroix und die Toten vom Pont Neuf: Sein erster Fall

Kriminalroman

Wer hat es auf die Pariser Clochards abgesehen? Drei Morde gibt es in drei aufeinanderfolgenden Nächten, obwohl Kommissar Lacroix und seine Kollegen die Seine und ihre Brücken nach der ersten Tat rund um die Uhr überwachen. Allen wurde brutal die Kehle aufgeschnitten. Keine Zeugen, keine Angehörigen, die Clochards sind die Vergessenen der Stadt. Die Presse stürzt sich auf den Fall – und auf Kommissar Lacroix: Seit der scherzhaften Bemerkung eines Kollegen über seinen altmodischen Hut und Mantel hängt dem Kommissar nämlich ein berühmter Spitzname an: »der neue Maigret«. So viel Aufmerksamkeit ist Lacroix gar nicht recht, schließlich gilt es, einen Mörder zu fassen, der womöglich vor 30 Jahren schon einmal aktiv war.

Showdown der tödlichen Zwillinge

Alexander Oetker

Zara und Zoë – Die Tochter des Paten

Thriller

Seit dem Tod ihres Vaters hat die korsische Mafiosa Zoë endgültig alle Brücken zu ihrer Zwillingsschwester Zara abgebrochen – denn die Europol-Profilerin ist für diesen Tod verantwortlich. Als Zoë vom Oberhaupt der korsischen Mafia auf einen schwer bewachten Goldtransport angesetzt wird, scheint das ein äußerst lukrativer Job zu sein. Was die Patin nicht weiß: Ihr Boss wird vom arabischen Clanchef Shokran Al-Hamsi erpresst, dessen Bruder dank Zoë im Koma liegt. Jetzt ist Al-Hamsi mindestens so sehr auf das Leben der Mafiosa aus wie auf das Gold. Will Zoë überleben, hat sie nur eine Chance: ihre verhasste Zwillingsschwester Zara …